「ねえ、僕の専属占い師に
なってくれないかな？」

命《ミン》錦《ジン》珠《ジュ》

第二皇子。皇帝になるため妙を手に入れようと画策している。行方不明になった妙の姉とも関係があるらしい。

命《ミン》星《シン》辰《チェン》

「ぼくは、累紳哥様が
皇帝になるべきだと
思っています」

第三皇子。病弱で頻繁に熱をだして倒れたり、発作を起こしたりする。妙を姉のように慕っている。

「もう事件なんか、こりごりです！」

易《イー》妙《ミャオ》

後宮の女官であり占い師。美味しいご飯と引き換えに累紳から持ち込まれた事件を解決していく。

「俺と組まないか。俺は、あんたが欲しい」

命《ミン》累《レイ》紳《シエン》

第一皇子でありながら、国を亡ぼす禍の星と予言され廃嫡に。妙の《心理》と《推理力》に惹かれ、手を組もうと提案する。

後宮の女官占い師は
心を読んで謎を解く

YUMEMISHI RYU
夢見里 龍

ill.ボダックス

目次

第一部　《目》は口ほどに物をいう

禍福《かふく》は糾《あざな》える縄の如《ごと》しと誰かが言った。

幸も不幸も縄を縒《よ》りあわせるように等しく巡ってくるものだから、いちいち振りまわされるなという教訓だ。

だが実際のところは不幸が七割、幸せが三割くらいの割りあいではないかと、易妙《イーミャオ》は疑っている。

（順番に巡ってくるんだったら、苦労しないよなあ）

もっとも、愚痴《ぐち》っているだけでは残り三割の幸せも訪れないので、彼女は今日も今日とて大通りに筵《むしろ》を敷いて、占い師なんかをやっている。

女の都とも称される――ここ、後宮で。

◇

星《シン》の後宮は女の都だ。

第一部　《目》は口ほどに物をいう

妃嬪《ひひん》から下級女官までが約千五百、その子どもが二百、宦官《かんがん》が三百、締めて二千が暮らしているとあって、飯屋や布屋が軒《のき》を連ね、都にならぶほどの賑《にぎ》わいをみせていた。

日頃から人通りが絶えることのない後宮の大路ではあるが、今は取りわけその一郭《いっかく》が騒々しかった。

喧騒《けんそう》を割って、姑娘《むすめ》の意気軒昂《いきけんこう》とした声があがる。

「人生は福あれば厄もあり。順に等しく巡るものなれど、巡りきた福を拾うか、厄にあたるかは人それぞれ」

語呂《ごろ》のよい響きに都をいく妃妾《ひしょう》たちが思わず足をとめ、振りむく。

「さあさ皆様、ちょいと寄っていかれませんか。よきことも悪きことも占いましょう」

桃の花が咲きならぶ通りの端に筵を敷き、香具師《こうぐし》まがいの商《あきな》いをしているのは笄年《けいねん》（十五歳）に達したばかりの小姑娘《こむすめ》だった。猫の耳のように髪をふたつに結いあげている。

彼女――姓は易《イー》、名は妙《ミャオ》という。

賑やかな声に惹かれてか、妙のまわりには人垣ができていた。胡散臭《うさんくさ》げに遠巻きから覗《のぞ》きこむ妃妾もいれば、興味津々《きょうみしんしん》に身を乗りだす妃妾もいる。感興《かんきょう》をそそられていることに違いはないが、声をかけるのはためらわれるといったかんじだ。

「むむっ、そこにおられる青い瞳が麗《うるわ》しい御方」

妙が女官連れの妃嬪に声をかけた。妃嬪は指名されるとは思ってもいなかったのか、青い瞳を瞬《またた》かせた。

「私のことかしら」

「はい、左様です。貴方様です。貴方様は悩みごとを抱えておられますね。現状に不満をお持ちのはずです」

「あら、……確かにそのとおりだわ」

妃嬪は心を読まれていることに戸惑い、視線をさまよわせた。

「そのことばかり考えてしまって、この頃はあまり眠っておられない、違いますか？」

「な、なんで、わかるの」

「わかりますとも」

妙は一瞬だけ妃嬪の沓《くつ》に視線をむけてから、気づかれないよう、すかさず瞼《まぶた》をとじた。

意識を集中してふるぼけた青銅の鏡に手をかざし、妙が続ける。

「ですが、貴方様の頭上には明るい星が視《み》えます。いまの嵐を乗り越えれば、そう遠くないうちにかならずや、福が舞いおりることでしょう。ああ、ただ……ひとつ」

言葉をきってから、妙がかすかに声を落として言った。

「お足もとには、どうか、お気をつけください」

どことなく凄みのある言葉に気圧《けお》されて、妃嬪がごくりと唾《つば》をのむ。

だが、道端の占い師ごときの助言を鵜呑《うの》みにするのは恥だと思ったのか、彼女はすぐに気を取りなおす。

「まあ、ほどほどに参考にさせてもらうわ。占いなんか所詮《しょせん》、あたるも八卦《はっけ》、あたらぬも八卦だもの」

女官を連れてそそくさと帰りかけた嬪だったが、こともあろうに轍《わだち》のぬかるみに足を取られた。滑って、強《したた》かに腰を打ちつける。盛大な転びっぷりだった。

取りかこんでいた妃妾たちが声をあげる。

「占いどおりだわ」

「こんなにすぐにあたるなんて」

泥だらけになった妃嬪はよほどに恥ずかしかったのか、頬《ほお》を紅潮させ、瑠璃《るり》の瞳を潤ませる。助けおこしてくれた女官に宥《なだ》められ、とぼとぼと今度こそ帰っていった。

湧きたつ観客を眺めまわして、妙がここぞと声を張りあげる。

「さあさ、委《くわ》しく運勢を知りたい御方はならんでください。御代は食べものひとつで結構です。饅頭《マントウ》でも包子《パオズ》でも、ご持参いただければ」

「私も視てちょうだい」

「わたくしの運勢も教えて」

妃妾がいっせいに群がりだす。妙は順番に運勢を視て、助言を与えていく。

「ふむ、他人に好かれたいという願望がおありのようですね。ですが、ちょっとばかり頑張りすぎているのでは。あせらずとも、貴方様の頑張りをみている御方はいますよ」

「まあ、お恥ずかしい。なんで、わかるのかしら」

「日頃から機織《はたお》りをなさっておいでなのですね。励《はげ》んでおられるのはよいことですが、自身が思っておられるより疲れがたまっているようです。どうかご無理はなさらずに」

「実は機織りがいそがしくて、徹夜続きでした。そんなことまでわかってしまうの？」

なにからなにまで言いあてられて、妃妾は瞳を輝かせる。

「なんでもわかりますよ。なにせ、私には神も祖霊《それい》もわんさかと憑《つ》いているもので」

「まあ、わんさかと……なんてすごいのかしら」

言っておいて、わんさかはないだろうと妙は思ったのだが、妃妾は素直に感動している。

占術《せんじゅつ》とは神託《しんたく》である。

神や祖霊の神妙なる御力《みちから》を借りて、運命を先読みしたり、他人の心のうちを見破ったりするものだ。理窟《りくつ》のあるものではないし、理窟があってはならない。

だが、妙が語るそれには――裏があった。

（先ほどの妃嬪はずいぶんと真新しい厚底の沓を履《は》いていた。今朝《けさ》がた雨があがったばかりでぬかるんでいるのに、慣れない沓を履いてたら、いつかは転ぶか、沓擦《くつず》れを起こすにきまっている。それに彼女は諸々を言いあてられてあせっていた。あせりがあるときは、転びやすい。ちょっと考えたらわかることだ。別に神なんか憑いてなくても）

正午を報せる時鐘《じしょう》が響きだす。

行列はまだ続いていたが、妙はぽんと手を打ち、頭をさげた。

「皆様、お後はまたの機会に占わせていただきます。福きたりなば、諸手《もろて》をあげて喜んで。厄《やく》はまあ、お気になさらず。よき星の廻《めぐ》りがありますように」

第一部　《目》は口ほどに物をいう

妙は筵を片づけ、青銅の鏡を風呂敷につつむ。

（ほんとはこれ、錆びついた鍋の蓋《ふた》なんだけどね）

道端から拾ってきたがらくたでも、占い師がつかっているだけで、誰もが年季の入った古鏡だと思って疑わない。先入観とは便利なものだ。

観客が解散したところで、通りがかったらしい先輩の女官に声をかけられる。

「妙、なにやってんの。休憩は終わりだよ。宮に戻って、ちゃきちゃき働きな」

「はいはい、先輩。すぐにいきますよっと」

妙は袖を振り、配属された宮への帰路につく。

易妙は下級女官だ。

一ヵ月前までは都で占い師を営んでいたが、野盗《やとう》まがいの官吏《かんり》に誘拐されて後宮に放りこまれた。後宮にあがるはずだった姑娘が死んだかなにかで数あわせに連れてこられたらしい。まったくもって、はた迷惑な話だ。

帰り道を急ぎながら、妙は客からもらった饅頭を頬張《ほおば》る。

「うっまぁ……」

饅頭《マントウ》とはいわゆる具のない包子《パオズ》だが、後宮の饅頭はいい小麦がつかわれているのか、しっかりとした重さがあるのに、ふわふわで塩梅《あんばい》が絶妙だ。

（男どもに麻袋を被せられて担がれたときは、どうなることかと思ったけど）

普通に考えて福か厄かといわれたら紛《まぎ》れもない災難だが、妙はいたくご満悦《まんえつ》だった。

（家賃を払わなくても屋頂《やね》のあるところで眠れて、食うにはこまらない。ときどきこうしていい物も食べられる――にゃはあ、後宮に連れてこられてよかったあ）

饅頭をたいらげてから、妙は盛大に転んだ嬪《ひん》のことを考える。

（彼女はまた訪《く》るだろうな）

占い師なんか信頼できないと頑《かたく》なに言い張っているものほど、きっかけがあれば、占いにドはまりするものだ。まして彼女は厄に遭《あ》った。今度は福を招くにはどうすればいいか教えてくれと頼ってくるに違いない。

なぜ、わかるのか。

答えはかんたん。それが心理というものだからだ。

◇

後宮は桃の花が真っ盛りだ。後宮は皇帝の桃源郷《とうげんきょう》ということで、とくに桃の花が愛《め》でられる。花曇りでも後宮占い師は満員御礼《まんいんおんれい》だった。

転んだ嬪《ひん》はその後すっかりと常連になった。

華朝蘭《ファチャオラン》と名乗ったその嬪はまだ十七歳前後だったが、春の花も恥じらうほどの美貌《びぼう》をそなえており、嬪にまでなりあがれるものは器量からして下級妃妾とは違うのだなと妙を唸《うな》らせた。

「ふむふむ、朝蘭様の運命の御方は、すでにお側におられるようですね」

「ふふっ、やっぱりそうなのね！　ねえ、姉様《ねえさま》、聞いていたかしら」

朝蘭嬪は青い瞳を瞬かせ、後ろにいた女官の腕をつかんで嬉しそうに微笑《ほほえ》んだ。姉様と呼びかけられた女官は物静かで喋ることもなかったが、引っ張りだされて頷《うなず》きながら微笑みかえす。

「よかったわね。貴女が嬉しいと私も嬉しいわ」

「私もよ、姉様」

蘭《らん》が綻ぶような妹と違って花のない女官。似ても似つかないのだが、意外なことにふたりは実の姉妹《しまい》だ。後宮の鴛鴦《おしどり》といわれるだけあって、ふたりとも仲睦まじい。そんなわけで姉妹は一時期、毎日のように通ってきていたが、ここ十日ほどは見かけなくなった。飽きたのか、抱えていた問題が解決したのか。

（占いなんかに通いつめないほうがほんとは健全だもんな）

後宮にきて、思ったことがある。

女の都は一見華やかだが、裏はどろどろとしていて暗い。

星の後宮は皇帝だけのものではなく、帝族の遊び場でもある。放蕩者《ほうとうもの》と噂の第一皇子にいたっては後宮に入り浸っているのだとか。ついでに皇帝に認められた高官が妻を娶《めと》るため、渡ってくることもあった。

昨年の春だったか、皇帝が崩御《ほうぎょ》した。

都では、暗愚《あんぐ》な第一皇子にかわって、第二皇子が皇帝となるだろうと噂されている。だがそれにともなって後宮の縮小も考えられるとのことで、妃妾たちは後宮にいられるうちに条件のよい男を捕まえようとがつがつしている。

約千五百もの妃妾がいるとあって、上級妃妾たちは日頃から競うように飾りたてていた。朝蘭嬪もそうとうに着飾ってはいるが、たった今訪れた娟《ジュエン》倢伃《しょうよ》は、まれにみる猛者《もさ》であった。

「あの、だいじょうぶですか」

妙は思わず、そう尋ねてしまった。娟倢伃が首を傾《かし》げた。

「なにか、わたくしの頭についていますか？」

「い、いえ……その」

ついているというか、乗っている。

娟倢伃は髪を結いあげて、季節の花を溢《あふ》れんばかりに盛っていた。咲きはじめの桜に瑞《ずい》香《こう》、花桃に白木蓮《はくもくれん》と千紫万紅《せんしばんこう》だ。頭が傾ぐほどに花を乗せているのに、真珠《しんじゅ》や珊瑚《さんご》の笄《こうがい》や歩揺《ほよう》まで挿していた。どれくらいの重さがあるのだろうか、想像がつかない。

占いの結果を喋りながらも、ついつい視線は彼女の頭に吸い寄せられてしまう。これではいけないと、妙は気を取りなおす。

「娟様は士族のお産まれのようですが、一族に折りあいの悪い御方がおられますね」

「まあ。ほんとうにぴったりあてられるんですね。そうなんです。宗家と分家であまり折りあいがよろしくなくて」

「ふむふむ、幼い頃から息のつまる思いをなさってきたことでしょうね。一族の確執は根深いものです。お気に病まず、娟様は娟様のお幸せをつかんでくださいね」

「ああ、なんだか、胸のつかえが取れましたわ」

占い師の基本はお客の心に寄りそうことにある。「私だけは貴方のことを全部わかっていますよ」と言ってあげれば、大抵の人は安堵《あんど》する。

「ひとつ、ご相談なんですけれど。まもなく春の宴《うたげ》があるのです。緑の襦裙《きもの》か、うす紅の襦裙か。どちらに福があるかしら」

「そうですね。風水で視た福色によれば、……緑ですね。春の福が訪れるでしょう」

「まあ、わたくしも緑がよいと思っていたのです。嬉しい。これで御礼になるかしら」

花を象《かたど》った糖花《こんぺいとう》を渡された。都でも若い姑娘たちに人気があるらしい。たいそう可愛らしいが、妙はがっつり食べごたえのある物のほうが好きだ。

(なにせ、貧しい生まれなもので)

報酬に食べ物を所望するのは銭だと後宮内の商売として取り締まられるからだが、銭があっても妙は身を飾る物などにはいっさい関心がないため、結局は食べ物につかうのでたいして変わらないと考えていた。

「こちらの糖花、桜や金木犀《きんもくせい》の香りがいたしますのよ。占い師さんに差しあげようと思って、飴屋さんに立ち寄ったついでにわたくしの分も一緒に。なので、おそろいです」

娟倢伃は高貴な生まれであるのに、あるいはだからこそか、偉ぶったところがなかった。下級女官に敬語をつかう上級妃妾などめずらしい。根から育ちがいいのだろう。

「ええっと、最後に……その、首にはくれぐれもお気をつけください。なんとなく、ですが、厄の相が表れていますので」

「首、ですか。ありがとうございます。承知いたしました」

娟倢伃は微笑んで、お辞儀《じぎ》をした。

頭に乗せられた木蓮の花びらがひとつ、散る。あれだけ頭に乗せていて、よくもまだ頭をさげるだけの余裕があるものだと妙は感心する。

(私だったら、あんだけ重そうなものを乗せてたら、翌朝には首の筋がつってるな)

そのあともしばらく占いを続けていたが、夕方になって雨が降りだしてきた。軒《のき》のないところでやっているので、濡れたくない客がぞろぞろと帰りだす。妙も筵を畳んで帰る支度をはじめた。

「もう終わりなのか」

声をかけられ、振りかえる。

妙が瞳を見張るくらいに秀麗《しゅうれい》な男がたたずんでいた。

服と帽子からして宦官か。だぼついた宦官の服を着ていても、ひき締まった身体つきをしているのがわかる。理知に富んだ眸《ひとみ》、細い鼻筋、どれをとっても完璧だ。後宮にきて様々な麗人《れいじん》を見かけたが、こうも綺麗な男はみたことがない。

　わずかに毒気を抜かれたが、妙は「ええ、まあ」とこたえる。

「ほら、降りだしてきましたし」

「残念です。心を視通す敏腕の占い師がいると聞いて、わざわざきたんですが」

「晴れていたら、明日の昼ごろにまた、ここでやりますけど」

「……大月餅《だいげっぺい》」

　猫耳のかたちに結われた妙の髪がぴくんと震えた。

「報酬は食べ物だと聞いて、餡《あん》がたっぷりとつまった最高級の月餅を持ってきました。明日だと傷んでしまいますね？　ほんとうに残念です」

　月餅というと、宮廷でも祭事のときにだけ食べられるという非常に高級な甜点《テンテン》だ。想像するだけでもじわりと涎《よだれ》があふれてきた。

「わかりました」

　妙は軒におかれていた長床几《ながしょうぎ》に腰をおろして、縛った風呂敷を再度ほどく。ここだったら本降りにならないかぎり濡れずにすむ。

「視ましょう。おかけになってください」

　妙はいつになく真剣に鏡をなでる。

「ふむ、視えてきました。貴方様には今、悩みごとがあるようですね」

「へえ」

　穏やかな微笑を続けていた男が、鼻端《はなさき》で嗤《わら》った。

「占い師さんは妙なことを言いますね。悩みごとのない人間などいるでしょうか？　少なくとも俺は会ったことがありませんが」

言葉遣いだけは慇懃《いんぎん》だが、棘《とげ》がある。妙は愛想笑いでごまかす。

「そうですね。でも貴方様の抱えておられるものはずいぶんと重そうです。これほどの重荷を抱えておられる御方は、そうはおられませんよ」

「わかるんですか？」

「もちろんです。私には全部、わかります」

男は嬉しそうに眉《まゆ》の端をあげた。

「それはつまり、俺がどんな人間か、わかるということですね？」

「左様です。たとえばですね」

いまだとばかりに妙が畳《たた》みかける。

「貴方様は非常に神経質なところがあるのに、ときどき大事なことを疎《おろそ》かにしてしまう癖《くせ》があるのではないでしょうか。人間関係においても、他人にも愛想よく接することができる裏側で、なかなか人を信頼できない部分があるように見受けられます」

「……」

男が黄金の双眸《そうぼう》を細めた。

奇妙な眸《め》だ。瞳孔《どうこう》の底で星が燃えているような。

「曖昧《あいまい》な考察ですね。それこそ、誰にでも身におぼえがあることばかりだ」

妙は口端をひくつかせた。

（わあ、言い訳のしようもない）

だってこれは、そういうものだからだ。

あえて細部を語らず、万人にあてはまることを言って、さも心を読んだかのように振舞う。大抵は感心して、なぜわかるのかと騒ぎだす。あとは推察《すいさつ》できるかぎりの言葉を重ねていけば、誰もがこの占い師は本物だと思いこんでくれる。

だというのに。

この男、ずいぶんと敏《さと》い。

「貴方様は占いなんか端《はな》から信じていない。違いますか？」

「はは、それこそずるい質問だな。はいと答えても、いいえと答えても、あんたには都合がいい」

張りつけたような微笑を崩さないこの男がなにを考えているのか、まるで読めなかった。

これだけ頭のまわる男がなぜ、占いなんかを受けにきたのか。

（私を試してる？）

先ほどの言葉を想いかえす。彼は「俺がどんな人間か、わかるか？」と言った。妙はあたり障りのない人格などを言い連ねたが——

（素姓《すじよう》をあてろということか）

心が読めるのならば、かんたんだろうとでも言いたげだ。

(……わかるか、そんなもん)

彼はあきらかに上級宦官だ。

人の習慣とは指に表れる。箏《こと》を弾いているものには箏爪をはめている痕《あと》ができるし、機織りをするものは指が切れないよう糸を巻きつける癖がある。彼の中指には筆だこがあった。日頃から筆を握っている証拠だ。

下級宦官はまともな教育を受けておらず、字の読み書きもできないため、清掃や庭の管理、建物の修繕などを受けもつ。

(でも、上級宦官にしても、引っかかることがある)

彼は長床几に腰をおろすとき、一瞬だけ左側に意識をむけたのだ。

あれは日頃帯剣しているものにありがちな癖だ。

だが、宦官は後宮内部での帯剣を許されていない。なんでも過去に宦官が妃妾を無差別に殺傷する、というむごい事件があったとか。よって現在は、後宮の衛《まもり》は宮廷の衛官が務めている。

帝族に認められ、後宮へ渡ることを許された高官も、後宮と宮廷をつなぐ橋で剣を預けるよう、さだめられている。

(この男は、宦官のフリをしているだけだ)

かといって、武官や衛官として日頃から剣を振るっていれば、手のひらがもっと厚くなる。こんなに綺麗な手のひらをしているはずがなかった。

後宮でほかに帯剣を許されているのは帝族だけだ。

帝族といっても配偶者の親族をいれたらかなりいるが、問題は齢《とし》だ。みたところ、彼は二十五前後。だとすれば第二皇子か、あるいは。

「命累《ミンレイ》紳様《シエン》――ですね」

放蕩者と噂の、第一皇子だ。

男が唇の端をもちあげた。

「正解だ。占い師サマはどうやら本物らしい」

累紳は宦官の帽子をはずした。

燃えさかるような赤い髪がごうと、拡がる。

黄昏の霧でかすんだ町の風景に華やかな紅がにじんだ。黄金の眸とあわさって、息をのむような凄みがある。妙は眼を奪われたが、すぐに唇をかみ締めた。

(嘘つき。本物だなんてこれっぽっちも思っちゃいないくせに)

累紳は妙が繰る詭弁を先読みし、彼女の視線がどこにむけられているかを確かめて、彼女の占いに裏があることを看破していた。

「約束の報酬だよ」

ひとまずは満足してもらえたのか、累紳が大月餅を差しだす。

「やった、ありがとうございます」

妙は胸を躍《おど》らせ、それに跳びついた。確かな重みにかすかに漂う香ばしさ、ああ、本物だ。頑張って推理したかいがあった。

（この男がなにを考えているのかはわからず終《じま》いだけど。お偉いさまのお考えなんか、私ら庶民《しょみん》にはわかりませんよってね）

「それではまたごひいきに」

物を受け取れば、あとはどうでもよかった。妙は現金である。さっさと鏡を風呂敷に片づけ、撤退する。

「……なあ、あんた」

累紳がなにかを言いかけたところで、女官が慌ただしくかけこんできた。

「占い師さま！　よかった、まだおられたのですね……！」

女官は傘も差さずにずぶ濡れで、ひどく青ざめている。肩で息をしながらも彼女はすがりつくように言った。

「娟倢伃が縊死《いし》されました、貴女様の占いどおりに」

◇

春の雨あがりは死の臭いがする。

しとどに濡れた落花が踏まれて、あまったるい香りを漂わせるせいかもしれない。

ここは娟倢伃の宮だ。

庭さきの白木蓮はかすかな光を帯び、うす昏《くら》がりにたたずんでいた。その様は、いまにも燃えつきそうな燈火《ともしび》を想わせる。白木蓮の枝からは奇妙なことに桜や梅、桃の花や芍《しゃく》薬《やく》が咲き誇っていた。さながら花の宴だ。

だが近づくにつれて、そうではないとわかった。

木蓮の枝から、なにかが、ぶらさがっている。

風で軋《きし》みながら揺れるのは花籠《はなかご》か。いや、違う――あれは女だ。白絹の襦《どうぎ》と裙《したばき》を身にまとい、うす紅の帯を締めた婉麗《えんれい》な女。

花で飾りたてた頭を重く項垂れて、娟倢伃が首を括《くく》っていた。

女官に連れられて現場にかけつけた妙は、息絶えた妃妾をみて呆然《ぼうぜん》となる。

（うそ、……なんで）

現場に集まっていた女官たちが部外者である妙の登場に振りかえった。彼女らは声を落として、口々にささやきだす。

「あれが例の占い師かしら」

「首に気をつけろと、娟様に予言を」

「まさか、娟様が自害なさるなんて」

だが、この事態に最も戸惑っているのは妙だ。先ほどまで朗《ほが》らかに喋っていた妃妾が一刻も経たないうちに物言わぬ屍《しかばね》となっているのだから。

「占い師の言葉で思いとどまってくれれば、よかったのに。それとも、あの言葉で踏んぎりがついたとか？」

妙が強張《こわば》った頬を、さらにひきつらせた。

（なんか、とんでもないことを言われてるんですけど！　首に気をつけて、とは確かに言ったけど、筋違いのほうであって、ほんとに吊るなんて冗談じゃない！）

死を招く占い師とか言われたら、最悪だ。せっかく後宮での商売もとい食べ物調達が軌道に乗ってきたところなのに。

妙を連れてきた女官は震えながら、さめざめと泣きだす。

「占い師様は、こうなるとわかっておられたんですよね」

（わかるもんか）

人が命を絶つわけは様々だ。他人が無責任に推《お》し量《はか》れるものではない。

第一皇子の言葉を借りるのも癪《しゃく》だが、悩みごとがない人間などはいない。あとから、思いつめていたとか、つらそうだったとか考察するのはかんたんだ。だが妙には、娟倢伃が自害を考えていたとはとても思えなかった。

娟倢伃は春の宴を楽しみにしていた。今晩自殺するつもりだったら、どんな服がいいかなんて気にかけるだろうか。それに彼女は、自身のための糖花を持ち帰っていたのだ。好物を食べずに命を絶つはずがなかった。

妙は木蓮にむかって踏みだす。

女官たちは誰もが遠くから眺めるばかりで、屍の側には近寄ろうとしなかった。怖いのだ。妙は幼少期に都の貧民窟で暮らしていた。あそこは人死にが絶えないところだった。いまさらだ。それにまもなく官吏がきて、遺体を運んでいくはずだ。それまでに確かめておかないといけないことがある。

娟倢伃は縄ではなく帯で、命を絶っていた。

木蓮の根かたには床几《しょうぎ》が倒れていた。これを足掛かりにして帯を枝に結び、首に絡めてから床几を蹴った。実にありふれた自害の手順だ。

だが典型の順序を踏んでいるのに、妙なことがひとつ。

沓がないのだ。

娟倢伃は裸足をさらして、ぶらさがっている。

なのに、どこを捜しても沓がなかった。

首を吊って自害するときも身投げするときも、沓はそろえておいておくものだ。これは、まわりに自害であることを報せたいという心理による。遺書のかわりだ。

「ちょいと失礼して」

妙は裙をめくり、娟倢伃の足を確かめた。

綺麗な足裏だ。土は、ついていない。

廊子《えんがわ》から庭の木蓮までは、二十歩ほどの距離がある。石畳を踏んだとしても、こんな雨のなか沓を履かずに歩いてきて、足裏がいっさい汚れていないのは不自然だ。かわりに背が泥だらけになっている。転倒したのか、あるいは――

続けて、棒のように硬くなった腕に触れた。

爪が割れている。胸でも掻きむしったのだろうか。

「……ん、糸屑……なんで、こんなものが」

割れた爪には赤い糸が絡まっていた。

ああ、と妙は理解する。

(彼女は、殺されたんだ)

木蓮に触れる。わりと細い幹だ。娟倢伃は痩せているので、なんとか枝にぶらさがっているが、先ほどの女官くらいだったら折れていたかもしれない。

官吏が到着した。変な疑いをもたれてはやっかいだ。哀悼《あいとう》を捧げていたことにして、妙は後ろにさがった。

官吏たちは娟倢伃の遺体を地に降ろした。横たえられた娟倢伃の遺体には、すぐに菰《こも》が被せられる。だが、妙はみた。

無残に腫れあがった娟倢伃の頬には、幾筋もの涙の痕があった。

袖振りあっただけの他人だが、無念だっただろうなと妙は想う。自害扱いで終わってしまっては、死んでも死にきれないはずだ。

妙は霊というものを信じてはいなかった。人が死後、そんなものになるんだったら地上はもっと賑やかだろう。残虐な事件だって減るはずだ。霊なんてものは、人の想像の産物にすぎない。

だが、それでも安らかに眠れない死にかたというのはあるだろう。

縊死をよそおって殺すというのが、予言から想いついたものだとすれば、妙にも責任はある。

妙は唇をひき結んでから、声を張りあげた。

「神の託宣《たくせん》が降りました」

宮に戻りかけていた女官たちが振りかえる。

「娟様は自害なさったのではありません」

場が凍りついた。

「どういうことですか」

女官が顔を強張らせながら問いかけてきた。

「誰かに殺されたのです」

「そんなはず……」

ない、と言いかけた語尾が細り、絶えた。

誰もがありえないと考えながら、娟倢伃の縊死を先読みしていた占い師の言葉ということもあって、否定しきれない。

妙はよどみなく続けた。

「彼女を殺害した者は――貴方がた、女官のなかにいます」

濡れた花のにおいを巻きあげて、不穏な風が吹いた。

◇

張りつめた空気が漂っていた。

日はすでに暮れかけて、軒にさげられた提燈《ちょうちん》が庭さきを照らしている。

庭に集められた女官たちは一様にうつむき、表情を強張らせている。無理もない。ただでさえ婕伃が命を落として動揺しているのに、女官のなかに婕伃を殺害した罪人がいると占い師に言われ、疑心暗鬼に陥っているのだ。

重い沈黙のなかで、妙は思考を巡らせる。

娟婕伃の割れた爪には赤い糸が絡んでいた。

運命の糸のような、それ。現実にはそのような浪漫《ロマン》あふれるものではない。

(あれは、麻糸だった)

上級妃妾ともなれば、服はきまって絹だ。

事実、死に際に着ていたのも白絹で誂《あつら》えた襦裙《じゅくん》だった。

麻の服を着るのは妙のような下級女官だけだ。下級宦官の制服も麻だが、黄土、紺、緑ならばともかく、鮮やかな赤はそうそう身につけない。娟婕伃の宮につかえる女官たちの制服は、そろって赤だった。

(彼女を殺害したのは、ここにいる女官の誰かに違いない)

倢伃は嬪に続く上級妃妾だ。個別の宮を与えられ、六人もの女官が配属されている。

妙が緊張する女官たちにあらためて声をかけた。

「娟様は宮に帰宅後、すぐに命を落とされていますね。娟様のご遺体を発見したのはどなたですか」

「そ、それは……私です」

妙を呼びにきた綾綾《リンリン》という女官だ。うさぎみたいに髪を結び、うさぎみたいにぷるぷると震えている。娟倢伃が占いを受けていたときも確か、一緒にいたはずだ。よほどに娟を慕っていたのか、真っ赤に瞼を腫らしている。

「夕餉《ゆうげ》のお時間を報せにいったのに房室《へや》にはおられず。廊子《えんがわ》から覗いたら、庭の木蓮で……すでに事切れておられて……。すぐに皆に報せてから、占い師様の言葉を想いだして、町まで呼びに参りました。なぜこんなことに……」

第一発見者は最も疑われやすい。

隣にいたそばかすの女官が眉を逆だてた。

「そんなこと言って、あなたが殺したんじゃないの？　占い師の言葉に乗っかれば、娟様を殺しても疑われないと思って。だから、占い師を呼びにいったんじゃないの」

「違います、小紡《シャオファン》！　それに占い師の話は他の女官たちも知っていたはずです！　小紡は……倉庫にいたから、知らなかったかもしれませんが……」

「言い争いはおやめ、みっともありませんよ」

年を経た蛙《かえる》のような総白髪の女官がふたりを制する。

静かになってから、妙は気にかかっていたことを尋ねる。

「ところで、なんで皆様そろって、占いのことをご存じなんですか」

老蛙のような女官がこたえる。

「娟《ジュエン》小姐《おじょうさま》が帰ってすぐ、みなにお話しされていたからです。女官たちが占いの結果はどうだったかと尋ね、娟小姐は「噂どおりだった」と嬉しそうに教えてくださいました」

なるほど。だから妙がきたときに場が騒めいたのか。

「娟小姐はその後、房室にお戻りになられ、着替えをなさっておられました」

「着替えを補助する女官はいなかったのですか」

「娟小姐が補助はいらないと。想いかえせば、そのときからご様子がおかしかったんだわ……ああ、なぜ気づかなかったのか。……ほんとうに悔やまれます」

あのときにはすでに自害を考えていたのではないかと、女官は蛙のような顔をさらにつぶして、沈痛な面持ちになる。

「あの……たぶん、なんですが」

綾綾がおそるおそるといった調子で口を挿《はさ》む。

「娟様は糖花《こんぺいとう》をお召しあがりになりたかったのかと。夕餉の前に甘い物など食べては、ばあやに叱られてしまいますから、隠れてつまみ食いをするおつもりだったのかと」

「まあ……」

年老いた女官が瞳を見張る。

妙は綾綾の考察はあっているだろうと思った。

「娟様が房室にむかわれ、遺体となって発見されるまでのあいだ、皆様がなにをなさっていたのか、伺ってもよろしいでしょうか」

妙にうながされ、綾綾から順番に喋りだす。

「私は娟様が房室に戻られたあと、夕餉の支度《したく》をしておりました。そちらの女官ふたりも一緒にいたので、私を含めて彼女らに娟様を殺害することは無理だと思います。ね、ふたりとも」

「ええ、左様です」

「食事の準備でおおいそがしでした」

他の女官たちも現場にいなかったことを証明しようと「裏庭の掃除をしていた」「洗濯をしていた」と言うが、綾綾と一緒に夕餉の支度をしていたもの以外は持ち場がそれぞれ離れているため、証言としてはいささか頼りなかった。

(ほんとうに裏庭で掃除をしていたかなんて、誰かと一緒じゃないかぎり、証明できない。重要なのは彼女らが嘘をついていないかどうか、だ)

妙は喋っている女官たちの様子を観察する。声の調子はどうか。視線はどこにむけているか。女官たちは一様に緊張で声の端々がうわずり、かすかに震えている。

視線はきまって、左だ。

（でも、彼女だけは、視線を右に振った）

様子が違ったのは先ほど綾綾を糾弾《きゅうだん》した女官――小紡だ。瞳は細く、鼻から頬にかけてそばかすが散って、夏の狐を想わせる。

彼女は昼から倉を掃除していたと証言した。女官たちの騒ぎを聞きつけて、庭にむかったら娟様はすでに命を絶っていたと。

証言そのものに問題はない。

「娟様がお亡くなりになられたなんて、とてもじゃないけど信じられない。ほんとうに優しい御方だったのに。殺されたのだとしたら、ぜったいに許せないわ」

小紡は喋りながら終始鼻に触れていた。無意識なのだろうが、鼻の横を掻いたりつまんだり、ずいぶんと落ちつきがない。

（心《ウラ》はかならず、表にあらわれる――）

妙は小紡の瞳を覗きこんで、言った。

「貴方、嘘をつきましたね」

「……な」

誰もが息をのみ、小紡に視線をむける。

「なによ、それ！」

疑われた小紡は真っ赤になって、声をとがらせた。

「言いがかりはやめてよ！　嘘なんかついていないわよ」

胸を張って言いながら、小紡のつまさきはかすかにあがっていた。心から反論するならば、持ちあがるのは踵であろうに。

「その言葉がまず、嘘ですね。占い師に嘘は通じません。私には神と祖霊がわんさか憑いていますから」

小紡が絶句して、はくはくと唇を動かす。だが、すぐにキッと目に角を立てると、小紡は女官たちを振りかえり、息巻いて訴えた。

「こっ、この占い師が娟様を殺したのよ！　予言が的中したと思わせるために、娟様を自害に見せかけて殺害したんだ！　ね、間違いないわ！」

女官たちが困惑して顔を見あわせる。綾綾が眉尻をさげて、言った。

「無理ですよ。大通りで働いておられた占い師さんにできるはずがありません。それに宮に部外者が侵入してきたら、衛官が気づきます。屋頂《やね》でも渡ってこないかぎり」

紅潮していた小紡の頬が今度は青ざめた。彼女は窮して、ぎゅっと袖を握り締める。

「小紡さん、さきほどから左側の袖に触れておられますよね。房室に帰って早々に着替えたいのでは？」

嘘だ。彼女が袖に触れたのは、今だけだ。

だが、冷静さを損なった小紡は、とっさに袖を隠すようにした。

「縊死された娟様の爪は割れていました。殺されまいと抵抗されたあとでしょう。おいたわしいことです。割れた爪には——麻の糸が、絡んでいました」

こちらですと妙は糸くずを差しだした。綾綾たちが手に取って確認する。

「確かにこれは、私たち女官の服の」

「……小紡さん、そちらの袖を確認させていただいてもよろしいですか」

小紡が抵抗する。他の女官が取り押さえて袖を確かめた。

「まあ、破れているわ！」

彼女の袖は予想どおり破れていた。ほつれた布地からは赤い糸が垂れている。

それだけではなかった。

「これ、娟様の笄だわ！」

「まさか、盗んだの⁉」

袖から取りだされたのは真珠の笄だ。非常に高値《こうじき》な物だった。

「これで謎が解けましたね。なぜ、小紡さんが娟様を殺害するにいたったのか」

ひどい話ですと言ってから、妙が語りだす。

「小紡さんは留守だった娟様の房室に忍びこみ、私物を盗みだそうとしていた。でも不運なことに娟様が帰ってきてしまった。殺すつもりなどはなかったはずです。ですが揉みあっているうちに貴方は娟様の首を絞めあげて、殺害してしまった。動転した貴方はとっさに彼女が自害したことにしようと思いつき、木蓮の枝につりさげた」

娟倢伃の背が汚れていたのはひきずられた跡だったのだ。床几は彼女自身がつかったので、忘れなかったが、沓にまでは神経がまわらなかったのだろう。

「占い師の話をあとから聞いて、これ幸いと思ったのではありませんか？」

綾綾に言ったことは彼女の思考そのものだったのだ。疑われまいとするあまり、よけいなことを言ってボロがでたなと妙は思った。

「ち、違うわよ」

だが小紡は、なおも食いさがる。

「これは娟様にもらったのよ。女官は全員この服だし、働いていたら袖が破れることくらい、あるでしょう？　それともなによ、私が娟様を殺すところをみたとでも言うの」

「そ、それは……」

女官たちが顔を見合わせ、黙りこくる。

理にはかなっていても、一連の推理は、推測にすぎないのだ。

「ほら、私は無実よ！」

「……へえ」

妙が静かに瞳をとがらせる。

「目撃者は、いますよ」

「なによ、それ！　誰がみていたって言うのよ！」

「娟様です――」

妙が言ったのが先か。

白木蓮が、悲鳴をあげた。

木が声をだすはずがない。幹が裂けたのだ。

もともと、人の重さを支えるには木蓮の幹は細すぎた。緩やかに裂けてきていた幹が今頃になって、ひと息に折れたのである。

雪崩《なだ》れるように花びらが落ち、風をはらんで吹きあがる。

白の嵐が乱舞する。

木蓮は桜や桃の花みたいに綺麗には散らない。端からくすんで、老い、縮んで、みすぼらしくもほたほたと落ちる。そう、あるべきなのだ。

婉麗と咲き誇りながら散る木蓮は、哀《かな》しかった。

無残《むざん》に殺された花が、命を終える。

小紡は言葉を絶して木蓮を眺めていた。

剝《む》きだしになった眼には誰が映っているのか。誰か、映っているのか。

「……やっ……あ、あああ、ごめんなさい！」

小紡がひきつれた絶叫をあげる。

「だ、だって、うらやましかったのよ！　宗家に産まれた貴女が……だっ、だから笄ひとつくらい、もらってもいいんじゃないかって……こ、殺すつもりまではなかったのよ！」

ああ、そうか。彼女は、分家の姑娘だったのか。

娟倢伃が嘆《なげ》いていたのを想いだす。宗家と分家の折りあいがよろしくないのだと。実家を離れて後宮にいるのにそれほど気になるものだろうかと思っていたが、女官のなかに分家の姑娘がいたのなら、いやでも日頃から意識せざるをえなかったことだろう。

「ゆ、許して……あやまるからあ！」

小紡が恐怖に泣き崩れた。自身の首に爪を喰いこませ、彼女は喚き続ける。

誰も彼もが呆然と小紡をみていた。異様な錯乱ぶりに、彼女が霊にでも憑《と》りつかれたのではないかと思ったに違いない。

(霊なんかいない。亡霊を産むのは人の心ひとつ——とくに、怨《うら》まれているのではないかという恐怖は、現実と紛《まご》うほどの幻を視せる。それが、心理だ)

妙がため息をついた。

(……まったく。怨まれるのがそんなに怖いなら、殺さなきゃいいのに)

それでも、ひとときの感情にのまれ、欲にかられて罪を犯すのもまた人間というものだ。

罪を認めたことで、小紡は逮捕された。小紡は壊れてしまったのか、先ほどまでの喧《やかま》しさが嘘のように項垂れて、無抵抗に連れていかれた。

こうして、縊死事件は終幕を迎えた。


「へえ、あの占い師の小姑娘《こむすめ》、なかなかに敏《さと》いじゃないか」

宮の屋頂に腰かけて、占い師の活躍の一部始終を眺めているものがいた。

紅の髪をなびかせた彼は、第一皇子の累紳だ。

「観察眼の鋭さといい、推理の的確さといい、息をのむほどにあざやかだな。ついでに人を追いつめていくときの容赦のなさも気に入った」

昼の端を持ちあげ、彼は笑った。ウラのある微笑で。

「……あの姑娘、本気で欲しくなってきたな」

◇

事件を終えた妙は、日の暮れた帰り道をたどっていた。

後宮は小都といわれるだけあって、晩でもいたるところに提燈がともされて、とても賑《にぎ》やかだ。あちらこちらから食べ物のにおいが漂ってくる。お腹がぎゅうと鳴って、妙は夕餉の賄《まかな》いは終わっただろうなとため息をついた。

「そうだ、大月餅！」

想いだして、いそいそと取りだす。

帰って落ちついてから堪能したいが、女官の先輩にばれて、取られでもしたら悔やんでも悔やみきれないので、歩きながら頬張る。

「うっまあぁ」

蓮の実の白餡がとろけた。

月餅の餡はあずきだけではなく、丁寧に練った栗や蓮の実、なつめなどで作る。様々な果実、穀物のあまみがひとつになって、絡みあい、口のなかが極楽だ。

舌に触れた塩味《しおみ》は家鴨の卵黄である。高級な月餅には黄身の塩漬けがごろりと、まるごと埋めこまれている。これがまた絶品なのだ。

「にゃはあ……これはたまらんですねぇ」

頬っぺたが落ちないように気をつけながら、妙は月餅に舌鼓《したつづみ》をうつ。

(あの第一皇子は喰えないやつだけど、こんなにうまいものを持ってるんだったら、また相手をしてやってもいいな)

今度はもっと愛想よくしてやろうと考えなおす。

現金だが、それもまた、人情というものだ。

食べ終わったところで突如、後ろから誰かに袖をつかまれた。抵抗する暇もなく、燈《ひ》の絶えた路地裏に連れこまれる。

悲鳴をあげかけたが、紅の髪をみて、妙が黙る。

考えてみれば、後宮に暴漢などいようはずもなかった。

「宮廷の月餅はうまかったみたいだな」

累紳だった。彼は妙が逃げられないよう壁に腕をついて捕らえてから、妙の頬についていた餡のかけらを指で摘《つま》んで、舐める。軽薄に笑いながら彼は続けた。

「神の託宣ねぇ、違うだろう?」

累紳の瞳が燃えるように瞬いた。

「あんたの占いには、裏がある」

「ははは、なんのことでしょうか。神を疑うのは感心できませんねぇ」

妙は愛想笑いでごまかそうとするが、彼の眼差《まなざ》しをみれば、すでに確証を得ていることがわかる。いったいどこから見物していたのかはわからないが、言い訳をならべたところでかわせそうになかった。

観念した妙は愛想を投げだして、乱暴に髪を掻きあげた。

「心理、ですよ」

累紳が詳しく話せ、と要求するように秀眉《しゅうび》をあげる。

「占いとはそもそもが〔ウラを糾《な》う〕という言葉からきています。ウラとは心。糾うとは縄を綯《な》うことですが、問《と》い質《ただ》して調べるという意もあります。無意識のなかに散らばった心のかけらを縒り、糾って、真実を導きだす――つまり、些細な表れから心理を分析するものです。私には神も祖霊も憑《つ》いてはいませんが、嘘もついていません」

巷《ちまた》の占い師とは趣《おもむき》は異なるが、イカサマを働いているつもりはない。理窟があるか、ないかという違いだけだ。逃げだすつもりがないとわかったのか、累紳が身を離す。

「心理、か。それはどういう理窟なんだ」

「人の身には、魂魄《こんぱく》というものが備わっています。魂とは意識、たいする魄が感情です。このふたつがあわさって、心といいます。これはご存じかと。身を表とするならば、魂魄は裏側にある不可視のものですが、裏と表は紙一重。切っても切り離せないものでもあります」

ゆえに、と妙は人差し指を立てる。

「七魄はときに人の表に現れます」

「七魄か。喜怒哀、懼《おそ》れ、愛、憎悪、欲望。あわせて、七種の感情のことだったか」

「諸説ありますが、おおよそはそうですね」

さすがは第一皇子、放蕩者でも教育は受けているらしい。

「そう難しいことではありませんよ。嬉しいときは人は笑うでしょう？　口角がこう、あがって、瞼がさがるので、細めた目の端にちょっとだけしわができます。これが喜びの魄の表れです」

「だが、愛想笑いというのもあるだろう」

「そうですね。でも、愛想笑いのときは目のまわりは動かないことがほとんどです。笑顔を繕《つくろ》うのがどれだけうまくとも、口が先に笑い、目が動くのはかならずあとになります。言葉は嘘をつけても、こういう一瞬の動きは偽れません」

仕組みは理解していても、意識して動かせるものではない。妙だって、愛想笑いのときは口の動きが先行しているはずだ。

「あとは、たとえばですね。さきほど逮捕された女官ですが、殺害時刻になにをしていたのかと尋ねたとき、「倉の掃除をしていた」と証言しながら、しきりに鼻を触っていました」

「確かに言われてみれば。……彼女の癖かと思ったが」

まったくどこからみていたんだ。という突っこみはあとにする。

「あれ、〈宥《なだ》め行動〉の典型です」

聞きなれない言葉に累紳が眉根を寄せた。

「嘘をついているとき、人が無意識に取る行動というものがあります」

喋りながら、妙はみずからの喉をつつむように指をまわした。

「喉に触れる。これは危険を感じて、急所を隠そうとする本能からくるものです。あとは額に触れる、というのもありますね。こちらは焦燥《しょうそう》による発汗を、無意識に確かめようとしているわけです。そして、鼻に触れる――」

ちょんと、鼻さきをつついて、妙は続けた。

「人が強い緊張をおぼえたり恐怖を感じたりしたとき、まずはどこが動くと思いますか」

「ふつうは瞳孔《どうこう》だろうが、この流れだと……鼻か」

「そうです。人は恐怖、緊張、欲望などで昂奮《こうふん》すると、鼻腔《びくう》のなかが膨張《ぼうちょう》します。むずむず感をともなうので、鼻に触れずにはいられなくなるわけです」

とくに日頃から欲望を抑えこみ、不満をためがちなものほど鼻に魄が強く表れると考えられる。抑圧されすぎた欲望はたやすく暴走し、取りかえしのつかない事態を招く。

「自身を宥めようとする無意識の働き。だから、宥め行動です」

累紳は顎に指を添え、唸った。

「……案外と」

「単純、でしょう」

妙が手のひらを開いた。

「奇芸《てじな》と一緒です。桃を割っても、赤ん坊が産まれるはずはありません。なかには種があるだけ。でも、割るまではなにが詰まっているか、わからない。種というのは明かしてしまえば、他愛のないものです」

だからこそ、組みあわせます、と妙は言った。

「鼻に触れているだけならば、確かに癖ということもありますからね。とくに事件が起こったときには誰もが緊張し、動揺していますから」

神経を張りめぐらせ、その場にいる全員の、視線から指先の動きにまで注意を払う。猫がひげで風をつかみ、天候を先読みするように、妙は人の一挙一動を観察して、そこにどんな感情の働きがあるのかを推理し、心の裏《ウラ》を看破するのだ。

累紳がおもしろいとばかりに黄金の眸を細める。

「理にかなっているな。だから心理、か。……だが、これを神の託宣というのは、罰あたりだとは思わないのか」

占術は神の領域だ。理窟をこねて神を騙ることは、詐欺罪《さぎざい》にあたる。

まして、ここは後宮だ。

宮廷には九卿《きゅうけい》に所属する宮廷巫官《きゅうていふかん》たちがいる。

彼らを冒瀆《ぼうとく》したと見做《みな》されたら、死刑にもなりかねなかった。殊勝な態度でこたえるべきだと頭ではわかっているのに、どうにも妙のなかで、神にたいする拒絶感がまさった。

「私、神サマってきらいなんですよ」

妙は唇の端をきゅうとあげ、累紳を睨みあげる。

「だって、そうじゃないですか。世のなか、悪者がのさばって正直者がバカをみるばかりで、神サマがいたとしてもたぶん、碌《ろく》なもんじゃない」

妙の父親が助けをもとめてきた知人に騙され、全財産を奪われたときも、神様とやらはなにもしてくれなかった。残ったのは多額の借金だけ。

両親は結局、幼い子どもたちを残して失踪した。死んでしまったのか、どこかで生き延びているのか。妙にはわからない。

幼かった妙を育ててくれたのは七歳違いの姐《あね》だった。だが、そんな彼女も三年前にどこかにいってしまった。

妙は十一歳だった。それからずっと、生き残ることだけを考えてきた。

生きてさえいれば、またいつか、姐に逢えると。

だから、禍福は糾える縄の如し――偉人の綴った一節を客寄せにつかいながら、妙自身は禍福が等しいはずもないと考えている。

よくて禍が七割、福が三割。その程度だ。

「それで？　どうするんですか。神を騙った罪で私を捕まえますか？」

「――まさか」

累紳が嗤った。

なにもかもを諦め、蔑んでいるかのような、乾いた嗤いかただ。それでいて、眼差しは強い。燃え殻の底でも熱を絶やさず、燃え続ける一縷の火を想わせた。

妙がその凄絶さに息をのむ。

「奇遇だな。俺も神とやらは信じていないもんでね」

だが、綺麗だ。ひと握りの嘘もない、魂からの嗤いだった。彼は終始、微笑を張りつけていたが、妙はこのときはじめて、この男の笑顔をみたと思った。

「易妙だったか」

累紳が妙にむかって、腕を差しだす。

「俺と組まないか。俺は、あんたが欲しい」

誰かに必要とされたことのなかった妙は一瞬だけ、呼吸をわすれた。だが、無意識の昂揚を、理性が律する。

第一皇子がなぜ、彼女を欲しがるのか。

愚者だというのがただの噂にすぎないことは、すでに妙にはわかっている。

彼は明敏《めいびん》な男だ。必要とするには、必要とするなりのわけがあるはずだ。

「それって、一年前に皇帝が崩御なさったことと関係していますか」

皇帝は昨年、桜が散るとともに命を落とした。

以降、星は約一年に渡って、空位期が続いている。現在は宮廷官僚による朋党《ほうとう》が実質の政権を握り地域の権力闘争を抑制しているので、権力の真空という事態は免れていた。夏には第二皇子が皇帝になるだろうといわれていたが、まだ公表されたわけではない。

「敏いな、あんた」

眸子《ぼうし》のなかで黄金の星が燃える。

「ますます欲しくなった」

ぞくりと身がすくみ、妙がとっさに後退りした。

狼に睨まれた猫にでもなったような心地だ。

（この男、皇帝の椅子を狙っているのか）

彼は第一皇子だ。皇帝になりたいと欲するのは自然なことである。だが、なぜだか違和感をおぼえた。彼がなにを望んでいるのか、読めない。

（どっちにしても、だ）

皇帝の問題などにかかわりたくなかった。

「私は卑《いや》しい占い師もどきでして、皇子様のお役にたてるようなことは、なあんにもできませんから」

そそくさと帰ろうとする。だが逃がしてもらえるはずもなく、累紳が壁を蹴って退路を塞《ふさ》いだ。累紳は間髪をいれずに喋りだす。

「とある嬪が男に寝こみを襲われて、眼を斬られるという事件があった。九日前の中夜

（午後十時から午前二時）だ。悲鳴を聞きつけた女官が嬪を助けようと侵入者に立ちむかったが、彼女も眼を抉《えぐ》られ、殺害された」

「物騒《ぶっそう》！　やだやだ、聞きたくないですって！」

「殺人犯の男はいまだに捕まっていない。このあたりをうろついているかもしれないな」

「さらっと刑部《けいぶ》の官吏の職務怠慢じゃないですか」

累紳がなぜ、いきなり事件の話題を振ってきたのか、わかってしまうからよけいに、妙はぶんぶんと頭を振った。

「この異常な事件、あんただったら、どう解く」

「……」

妙が黙る。累紳も黙った。

重みのある沈黙にたえかね、妙は言葉を絞りだす。

「それだけだと、なんとも……ですね。夜間に嬪の殿舎に侵入できる男ということは、宦官か衛官か、そもそもがその宮で勤務しているものという線が……って、私には関係ありませんから」

「へえ、残念だな」

累紳が意地悪く双眸をすがめた。

「宮廷の包子は食べたくないのか」

「うっ」

「蒸したてふわふわの生地から、最高級の黒豚の脂がじゅわりと溢れだして海老やら筍やらと絡みあい、それはそれはうまいそうなんだが」

「…………なにをすればいいんですか」

食欲に敗けた。さきほども一時の欲に敗けた者の最後をみたばかりだったのに。

「心理をつかって、調査してくれ。襲われた嬪は華朝蘭《ファチャオラン》という」

「え、朝蘭様ですか？」

朝蘭嬪といえば、例の常連客ではないか。めっきり訪れなくなったと思ってはいたのだが、まさか、事件に巻きこまれていたとは。

「なんだ、知りあいだったのか」

「常連です。ということは、殺されたのは」

「華夕莎《ファシィシャ》だ。朝蘭嬪の実の姐だとか」

「やっぱり！　後宮の鴛鴦がこんなことになるなんて」

累紳はその噂を知らなかったのか、瞬きする。

「鴛鴦？」

「あ、ええっと、ご存じないならだいじょうぶです。女の姦《かしま》しい噂ですから」

女にはえてして、男には聞かせたくない噂のひとつやふたつあるものだ。花の棘というには細やかな。

他愛のない悪意がひとつ、まざった噂が。

◇

後宮には鴛鴦と称された姉妹《しまい》がいる。

姉妹が非常に仲睦《なかむつ》まじく、かたときも側を離れないからというのもあるが、実はそれだけではなかった。ここは後宮だ。暇をもてあました妃妾たちが単純に人を褒めるだけの噂を口遊《くちずさ》むはずもない。耳触りのいい言葉にはかならず、裏があった。

この姉妹、外見の差がとにかく激しいのだ。鴛鴦の雌雄さながらに。

ご存じだろうが、鴛鴦の雄は綾錦《あやにしき》のように華やかな翼を持つが、雌は鶉《うずら》かとおもうほどにみすぼらしいのである。枯草に紛れたら、わからないくらいだ。

この姉妹もそうだった。

嬪たる妹は天に愛された美貌の持ちぬしで、艶めかしい睫毛《まつげ》に二重の瞳、雪を欺《あざむ》く肌にうす紅の唇が映えて咲き誇る月季花《ばら》を想わせた。たいする姐は女官だったが、垢ぬけていないというか。紅はささず、瞼も厚ぼったく、地味のひと言につきた。

姉妹でこうも違うなんてねえと妃妾たちはそろって、ささやきあっていた。神様とやらは不平等なことをするものだと嘲笑を織りまぜて。

だが、繰りかえすように姉妹はいたって、睦まじかった。

朝蘭は蝶よ華よと愛でられながら育ってきたためか、思いどおりにならないとすぐに怒りだすというわがままなところがあった。そんな彼女を宥めるのは姐の役割だった。妹も姐である夕莎がいうことだけは素直に聞き、なにかにつけて姐様姐様と頼っていたという。

（でも、そんな姐妹を悲劇が襲った――妹は眼球を斬られ、姐は眼を抉られて殺されたとか。なんていうか、この後宮、物騒すぎない？）

首吊り偽装の殺人事件のあとが、眼球切り裂き事件だ。

あろうことか、その事件の犯人を捜しだせというのが累紳の依頼だった。どう考えても占い師の領分を超えているが、包子の誘惑に敗北を喫した。

というわけで、妙は貴重な休日をなげうって、華朝蘭の宮にきていた。

さすがに下級女官では、嬪に逢わせてもらえないだろう。

「朝蘭様にご厚誼を賜っていた占い師の易妙でございます」

「ああ、あなたが例の。朝蘭様から聞きおよんでいます。日頃から頼りにしていた占い師さんがお越しとなれば、朝蘭様もたいそう喜ばれて、気分が晴れることと思います。こちらにどうぞ、朝蘭様の房室《へや》までご案内いたしますね」

嬪つきの女官は嬉しそうに通してくれた。

嬪の宮はさすがに豪奢《ごうしゃ》で、香炉に屏風《びょうぶ》に壷と絢爛《けんらん》な調度品がそろっていた。壁には梅に尾長鳥、桜に蝶と風韻《ふういん》の漂う絵が飾られ、窓枠にまで細やかな彫刻が施されている。

（御妻《ぎょさい》の宮とは格が違う――そりゃそうか、嬪といえば妃に続く側室だ）

妙は御妻といわれる下級妃妾の宮に勤めている。

下級妃妾に個々の宮はなく、六名ごとにひとつの宮を与えられ、御妻の職務をこなしながら皇帝の御渡りを待つ。そうはいっても御妻のもとに皇帝が訪れることはほぼなく、あとは高官に気にいられるかどうかだ。

屋頂があれば幸い、という暮らしを続けてきた妙ではあるが、嬪の宮と比較すれば、御妻の宮など小綺麗な長屋にすぎないなと感じた。

眺めていて、気になることがひとつ。庭に植えられた桃の枝を、女官たちがはらっていた。庭の管理は宦官の役割のはずだ。

「宦官はおられないのですね」

「朝蘭様は大の男嫌いでして。宮のまわりに警護の衛官をおいているだけです」

だからすれ違うのがみな女官ばかりなのか。嬪を襲った男は侵入者だといっていたわけも、これでわかった。

廊《ろうか》を進んでいくと嬪の房室の前がやけに騒がしかった。女官が廊の角で足をとめたので、妙もそれに倣う。

「昼椿《ヂヨウチユン》様、もうお帰りになられるのですか」

「案ずるな。またすぐに、君に逢いにくる」

覗いてみれば、姑娘が武官《ぶかん》にすがりついて、いやいやと頭を振っていた。

ほかでもない華朝蘭だ。刺繍《ししゅう》の施された包帯を頭に巻きつけ、光を奪われた瞳を覆っている。傷ついてもなお、彼女は華やかで、よけいに傷ましかった。

華はどこまでも、華。

かたわれがいなくなっても、鴛鴦が鴛鴦であるのと一緒だ。

（でも、意外だな）

朝蘭嬪は男にすがりつく姑娘には視えなかった。どちらかといえば、花に惹かれて寄ってくる男たちを侮蔑するような傲慢さをそなえていたからだ。だから男嫌いと聞いても納得できた。好いている男だけは別なのか。

「あの武官様はどなたですか」

妙が尋ねると、いかにもお喋りそうな女官が声を落としてこたえた。

「昼椿様です。実は、朝蘭様は昼椿様に下賜《かし》されることがきまっておりまして」

下賜というのは、功績をあげた官僚に皇帝が褒美として後宮の妃嬪を賜与《しよ》することだ。妃嬪といっても、所詮は皇帝の私物である。だが、妃嬪にとっては玉の輿となる場合もあって、一概に嘆かわしいものではなかった。

だが、あんなことがあったら、下賜は取りさげになるのではないだろうか。

朝蘭嬪は被害者とはいえ、顔に瑕《きず》ができ、失明までしたことに違いはない。こうした事例だと代理の妃嬪があてがわれるはずだが。

妙の考えを察したのか、女官が続けた。

「昼椿様は朝蘭様と同郷で、幼なじみであらせられたのだとか。このようなことになったからこそ、絶望の底におられる朝蘭様を放りだせるはずがないと仰せになられて。この頃は毎日のように通ってくださっています」

「想いあっておられるのですね」

女官が視線をさまよわせた。

言うべきかどうか、悩んでいるようだ。

「ふむ、これまではそうでもなかった、とか」

「さすがは占い師さんですね」

女官が苦笑して、耳うちをした。

「ご推察のとおり、朝蘭様はあの事件があってから、これまでの態度が嘘みたいに昼椿様にすがるようになって……最愛のお姐様を喪《うしな》い、心細かったのだと思います。気心の知れた昼椿様をとても頼りにしておられて……」

その言葉どおり、朝蘭嬪は昼椿の袖を握り締めて、離さない。

「朝がこないの。いつまでも暗くて……だから、どうか側にいてください。昼椿様だけは、わたしをひとりにしないで」

「私の心は絶えず、君の側にある。妻に迎えるときまで今しばらく待っていてくれ」

昼椿という武官はこまったように眉尻をさげながら、朝蘭嬪の肩を優しく抱き締めた。

「……わかりました。昼椿様をこまらせたいわけではございませんもの。朝蘭はここで昼椿様の訪れをお待ちいたしております」

昼椿がこちらにむかってくる。

妙は端によけて低頭しつつ、昼椿の表情を覗きみた。

綺麗な碧い眼の男だ。そういえば、鴛鴦姐妹も青い瞳をしていたなと想いだす。彼らの故郷には青い瞳の民族ばかりが暮らしているのだろうか。まあ、それはともかく——

(ずいぶんと嬉しそうだな)

昼椿の鼻翼がかすかに膨らんでいた。

(昂奮、昂揚……か)

朝蘭嬪は壁につかまって、段差などを確かめながら、ふらふらと房室に戻っていった。なにも視えないというのは事実らしい。

女官があらためて房室に赴き、朝蘭嬪に声をかけた。

「朝蘭様、占い師の妙様がお見舞いにお越しです」

「占い師？　ああ、彼女ね……わかった。通していいわよ」

朝蘭嬪は昼椿にたいするのとはまったく違った声をだす。あきらかに面倒そうだが、どちらかといえば、こちらの態度のほうが親しみがあった。

(鴛鴦の綺麗なほうの嘴《くちばし》はとがってるって、もっぱらの噂だったからな)

房室に招かれた妙は袖を掲げ、挨拶する。

「妙でございます。この度は衷心《ちゆうしん》よりお悔やみ申しあげます。不穏な厄難の影を感じ、案じておりましたが、まさかこのような事態になっているとは」

見舞いの言葉もほどほどに、妙が本題に移った。

「事件の仔細《しさい》を教えてはいただけませんでしょうか」

「なんで、わざわざ、あなたに話さなければいけないのよ」

朝蘭嬪が声をとがらせた。最愛の家族を奪われた被害者に無神経なことを言っていると は思う。怒られてもしかたがない。

だが現場にいた彼女の証言は事件を解くにあたって、きわめて重要なものだ。

それに心理の真髄《しんずい》とは疑うことである。視線、言葉の選びかた、無意識での動きに疑いをむけて、なぜそうしたのか、理窟をもとめることだ。ゆえに疑いとは等しくかけてこそ、意義のあるものだと妙は考えていた。

「朝蘭様の瞳を奪ったものはいまだに捕まっておりません。刑部の官吏は諦めかけているとか。私には神や祖霊が憑いております。朝蘭様もよくご存じでしょう。罪人を捕らえるのにお役にたてるかもしれません——朝蘭様もお姐様の無念を晴らしたいはずです」

話を拒絶すれば、姐をなおざりにすることになる、と思わせる。人の心理を揺さぶる巧妙な言葉選びだ。朝蘭嬪は唇をわずかに震わせてから、ため息をついた。

「たいした証言はできないわよ。襲われたのは眠っているときだったもの」

包帯に触れながら、彼女は喋りだす。

「雨続きで、月のない晩だった。だからかしら。不審な男が侵入してきたことに誰も気づかなかったわ。いつもどおり眠っていたら、燃えあがるような痛みが弾けて……」

「なぜ、侵入者が男だとわかったのですか」

「……息遣いが聞こえたからよ」

話の間に割りこまれたからか、朝蘭嬪が足を組み替えた。

「なにがなんだかわからずに悲鳴をあげていたら、側で姐様の声が聞こえたわ」

「夕莎様は、朝蘭様の悲鳴を聞いて、かけつけてこられたわけですね？　隣の房室におられたのでしょうか」

「姐様とはいつも一緒よ。……なによ、悪い？」

朝蘭嬪は姐にべったりだとはささやかれていたが、一緒に眠るほどだったとは。

「姐様は「誰かきて」「助けて」と叫んでいた。けれどそれはすぐ、絶叫に変わったわ」

朝蘭嬪は頭を振った。震えあがるように。

「……まさか、姐様が殺されるなんて」

続々と女官がやってきたが、すでに犯人は逃げたあとだった。おそらくは廊子《えんがわ》から庭におりたのだろう。現場には血にまみれた剃刀《かみそり》がひとつ残されていたが、ありふれた物で犯人を特定する手掛かりにはならなかったという。

「お辛い話をさせてしまい、申し訳ございませんでした」

目と脳は交差した神経でつながっている。そのため、証言に嘘があるかどうかは目線でわかる。人がなにかを想いだすとき、視線は無意識のうちに左をむく。記憶をつかさどる器官が頭の右側にあるためだ。だが嘘をつくときはかならず、視線が右側に寄る。人は頭の左側で思考を練ったり、話を組みあげたりするからだ。だがこれは視線のない朝蘭嬪では、試しようがない。となれば、多少は強引でも弁舌で探るほかにないか。

「再度、確認させてください。奇襲されたとき、現場にいたのは朝蘭様と夕莎様だけということですね」

「そうよ。それがどうしたって言うのよ」

妙がわずかに瞳を細める。

（……変だな。現場には侵入者がいたはず）

言葉のいき違いということも考えられるが、これだけ重要なことが抜け落ちているとなれば、気にかかる。念のためにもうひとつ、網を張っておくべきだろうか。

「ご面倒ですが、最後にもう一度、逆順に事件のながれを教えていただけますか」

「え、ええっと、朝蘭……私が、斬られて……えっと」

証言がしどろもどろになる。逆順をたどれば、侵入者が逃げだした、もしくは女官が集まってきたところから始まるべきだ。なぜ、斬られたところからになっているのか。

「……ああ、もうっ、いいでしょう？　事件のことなんか、もう想いだしたくもないのよ！　あれは終わったことだもの」

朝蘭嬪が苛々して袖を振る。これ以上神経を逆なでするべきではない。つまみだされたら、女官たちにたいする聞きこみにも支障をきたす。

「ご協力を賜《たまわ》りまして、ありがとうございました。事件を無事に終わらせられるよう、誠心誠意努めます」

妙は額をつけ、そそくさと退室した。

続けては、女官たちに事情聴取だ。

疑いは等しく。なにごとも想いこむことなかれ。

それが心理の基本なのだから。

◇

「それはそれは、ひどいありさまでしたよ」

事件現場について尋ねると、女官たちは一様に眉を曇らせた。

「甲高い悲鳴が聞こえて、私たちがかけつけたときにはすでに侵入者の姿はなく、夕莎様が廊でうつぶせに倒れておられました。助けをもとめて這《は》いずられたのか、房室から血の跡が続いていて……きっと、最期まで妹を助けるために……ううっ」

「瞳を潰されたといっても、夕莎様のご様子だと、目に剃刀を挿しこまれてぐちゃぐちゃにかきまぜられたようなかんじだったからねえ……そりゃあまあ、ひどいもんだったよ。

朝蘭嬪は房室のなかで半狂乱になって、夕莎様を捜しておられて」

「皆様が聞かれた悲鳴はどちらのお声でしたか」

「え、……そうねえ、雨もひどかったから……はっきりとは」

眼窩《がんか》から頭のなかにまで傷が達していたのならば、即死だ。這いずって、声をだすだけの力があるものだろうか。

「なんにしても……朝蘭様が不憫《ふびん》でねぇ」

女官たちが口をそろえる。

「あんなに綺麗だったのに、ねえ」

「最愛のお姐さんまで殺されて。朝蘭様は夕莎様だけに心を許しておいでだったから。他人なんか敵だといわんばかりでね」

「昼椿様に下賜がきまったときも、そりゃあ、もう荒れて荒れて」

「後宮にまできて、幼なじみの男に下賜されるなんて悔しいと喚いては、毎度夕莎様に宥められていたくらいだったのに」

「事件がよほどに堪えたんでしょうね……」

まだ十七だものと、女官たちは哀れむ。

占い師に頼ってきたのは、下賜のことで思い悩んでいたためか。昼椿も日頃から邪険にされていたのならば、事件を境にすがりついてくるようになった朝蘭嬪をみて、歓ぶのも致しかたない。

裏をかえせば、昼椿だけがあの事件から利を得た。

(昼椿だったら、宮にも侵入できそうだな。姐を殺害し、朝蘭様がほかに嫁げないよう瑕物にして、得をしたとすれば、昼椿だ)

誰が最も得をしたのかを考えるのが推理の鉄則だ。

（……でも、心理においては、そうともかぎらない）

女官たちはすでに妙をおいて、互いで喋っている。

「まあ、でも、あたしらには今までどおり、横暴なお姫《ひい》さまだけど」

「違いない。今朝だって茉莉花茶《まつりかちゃ》が熱いといって喚いていたしねえ」

「医官がきても男に傷をみられるのがいやだと追いかえすし、私たち女官でさえ包帯の巻きなおしだけはさせてくれなくて……化粧だって、昔から姐さんにしかやらせなかったくらいだもの」

朝蘭嬪は他人に弱みを握られたくないという思いが強いのだろう。妙にたいしても、占いを受けにきていたときと変わらない態度を通していた。

「おかわいそうに」

女官たちはそろって眉尻をさげ、唇か、頰に触れながら喋っていた。

これは嘘をついているときにもみられる宥め行動だが、哀れみの表現でもあった。哀れみという心理の裏には優越感が張りついている。ご自慢の顔がかわいそうに。最愛の家族を喪ってかわいそうに。

それにくらべたら、私は幸せだ――

かわいそうなものを鏡にして、自身の幸福を再確認するのは悪意ではなく、人のさがだ。だが不幸が重すぎると、優越を感じるのにも呵責《かしやく》がある。だから無意識に宥め行動を取ってしまうのだ。

（となると、女官のなかに疑わしいものは、……いないいな）

御礼を言ってから、妙は宮をあとにした。

（はて、どうしたものか。どうにも理窟が通らない）

うす紅の春風が吹き渡り、思索に耽《ふけ》る妙の髪を弄《もてあそ》んでは通りすぎていく。

久方振りに春晴れとなった小都は一段と賑やかだった。どこからか古箏《こそう》の演奏が聴こえ、軒から軒に渡された提燈が花吹雪の風に揺れている。咲き誇る花桃の根かたに長床几をならべて、妃嬪たちが茶会を催していた。

「一度だけでいいから、妾《わらわ》の宮に渡ってきてちょうだいよ」

「まあ、ずるいわ。私はこうやってご一緒にお茶をするだけで辛抱しているのに。ね、渡るんだったら、私の宮にきてくださいな」

「はいはい、こうして順に遊んでやるから、それで満足してくれ」

華麗なる妃嬪たちにかこまれ、愛想笑いを振りまいている男がいた。

紅桃《こうとう》よりもあざやかな赤髪に燃える星の瞳――累紳だ。愚か者というのはともかく、後宮に入り浸って遊んでいるという噂は事実だったのか。

（まあ、第一皇子で、なおかつ後宮の華たちをも凌《しの》ぐ超絶美形《イケメン》だもんな。そりゃあ、おモテになられますよねぇ……）

ほんとうならば、下級女官である妙なんかとは、袖振りあうこともなかったはずだ。累紳だって胡散臭い占い師と知りあいだとは思われたくないだろう。そそくさと素通りしかけたところで、後ろから見知らぬ妃妾に声をかけられた。

「ねえ、あなたも累紳様のことをお慕いしているの？」

累紳の取りまきではなく、離れたところから累紳に熱い視線を投げかけていた妃妾だった。違いますと言うまでもなく、妃妾は続けた。

「帝族と結ばれて優雅な暮らしがしたいんだったら、累紳様は諦めたほうがいいわよ。あの御方は廃嫡《はいちゃく》だもの」

「廃嫡？　第一皇子なのに？」

思わず、声にでた。

第一皇子は愚者だから、皇帝には選ばれないだろうというのが都での噂だった。すでに廃されているなんて、聞いたことがない。

それが真実だとすれば、なぜ。

そのときだ。累紳がこちらに視線をむけた。彼はなにを思ったのか。いたずらっぽく唇の端をあげると、片方の瞳《め》をつむって挨拶を投げかけてきた。

「累紳様が、わ、私に？　いやっ、幸せすぎて……もう、だめ……」

妃嬪はか細い歓声をあげたきり、よめろいて崩れ落ちた。腰砕けというやつだ。気障《きざ》なことをしても確かに彼ならば、絵になる。絵にはなるが。

（よくもあんなこっぱずかしいことを！）

妙は頬をひきつらせる。

きらきらとしているものにたいする拒絶感がどっと押し寄せてきた。背がぞわぞわするというか、腰がもぞもぞするというか。とにかく落ちつかない。

気づかなかった素振りをして、とっさに視線を遠くにむけ、慌ただしくその場をあとにする。小都の雑踏に紛れたつもりだったが、後ろからぐいと袖をつかまれた。

「ほんとにつれないな、あんたって」

「あれ？　よかったんですか？　せっかく綺麗な華にかこまれてたのに」

「なんだ、妬いてくれたのか」

「え、なにがですか？」

本気で理解できずに瞬きを繰りかえすと、累紳は重いため息をついた。

「……ま、いいか。それでどうだ。調査は進んだのか」

「微妙ですね。……お腹が膨れたら、なんかわかるような、わからないような」

言いながら、妙は通りがかった拉麺《ラーメン》屋《や》の幟《のぼり》を指さす。

星の後宮は大所帯だ。

宮では食事が提供され、宮に属している女官にも賄《まかな》いが提供されるが、毎食ではない。よって後宮のなかには飯屋がごまんとあった。女官だけではなく、宮での食事に飽きた妃妾などが訪れることもあった。

飲み食いには銭が要る。下級女官の給金からすれば、拉麺はわりとぜいたくだ。

「はいはい、わかったよ。奢ればいいんだろ」

「よっしゃ、ごちになります」

猫耳の髪がぴょこんとはねた。

人気の拉麵屋だけあって宦官や女官で賑わい、ずいぶんと混んでいたが、拉麵はすぐに運ばれてきた。鰻と豚骨、鶏がらを基としたあっさりとしていながら旨みのある清湯《スープ》に細麵、細かくきざまれた葱《ねぎ》に小海老が散らされていた。熱々のうちにいっきに啜りあげる。銀糸を想わせる細い麵にだしが絡み、口のなかで躍りだす。

「うっまああああぁ、にはぁ」

瞳を潤ませて、妙は歓喜の声をあげる。

「ほんと、うまそうに食うな、あんた」

「いやあ、絶品ですからねえ。都にはここまでうまい拉麵屋はありませんよ」

これは銀糸麵という拉麵だ。質素にみえるが、究極の麵と銘打たれているだけあって、底抜けの旨みがとけていた。

「めっちゃおいしかったです、ああ、お腹がくちくなった」

拉麵を食べ終え、妙は声を落として本題に移る。

「あ、そうそう――朝蘭様は嘘をついていますよ」

「朝蘭嬪が？」

「事件の証言にいくつか、嘘があります」

最も疑わしいのは昼椿だが、彼が姐を殺したのだとすれば、朝蘭嬪が嘘をつくのは理にかなわなかった。

「朝蘭様は侵入者は男だと言いきっていますが、……どうにも疑わしいんですよね。息遣いで男だとわかったと証言していましたが、眼を斬られた直後、息遣いにまで意識をむけられるでしょうか。私は無理ですね。まあ、よっぽどハアハアしてる変態だったらわかるかもですが」

そして彼女が昼椿をかばっているのだとしたら、あえて侵入者は男だという理由もないのだ。朝蘭嬪が実は姐を憎んでいて、春椿と共謀して姐を殺したという線はなくなる。

「だが、彼女は事件の被害者だろう。なぜ、嘘をつく必要があるんだ」

「朝蘭様は紛れもなく被害者です。ですが加害者ではないという証拠もありません」

「どういうことだ」

累紳が訳がわからないとばかりに眉根を寄せた。

「被害者は加害者ではない、という想いこみほど、危険なものはありません。人の認知は、かんたんに歪むんですから。とくに哀れみは認知を歪ませる最たるものです」

「認知は歪む、ね。それも心理か？」

「認知の歪みというのは多様にありますが、この例だと……そうですね、貧しそうな姑娘と裕福そうな姑娘がいるときに物が盗まれたとしたら、まずは貧しそうな姑娘が疑われるじゃないですか。ほんとに貧しいかどうかはわからなくとも」

認知とは固定観念、先入観、常識といった狭い枠組みのなかでおこなわれるものだ。狭い箱のなかにぎゅうぎゅうに押しこまれるから、認知は歪む。

「印象というと、まあ、わりと聞こえはいいですが、実際のところ人は想いこみのなかで他者を振り分けているところがあるわけです。華やかな服を着ている人は遊び好きだろうとか、おしとやかだから家庭的に違いないとか」

先ほどだって、そうだ。夕莎は致命傷を負いながら、妹のために最後の力を振りしぼって助けを呼びにいったと噂されていた。実際は妹をおいて、逃げようとしただけだったかもしれないのに。

そもそもですね、と妙が続けた。

「なんで、瞳を潰されたのかがわからないんですよ。殺すつもりだったら喉を斬るなり、胸を刺すなりすればいいのに。そっちのほうが確実です。あるいは瑕物《きずもの》にしたいのなら、頬とか額とか、他にも狙えるところはあるわけです」

どうしても瞳を傷つけなければならないわけが、あったのだろうか。

「瞳か。……確か、華朝蘭は綺麗な青い瞳をしていたな。先帝は彼女の青い瞳に惚れこんで、嬪にしたそうだ。北部の民族の特徴なんだとか」

先ほどすれ違った昼椿の瞳も姉妹と同じく、青かった。

「そういえば……知っていますか？　寒い地域にすむ民族って、雪を表す言葉だけでも二百通りほど使いわけているそうです。都では、雪は雪だっていうのに」

「へぇ」

脈絡のない薀蓄《うんちく》だったが、累紳は妙の真意を察したらしく理知に富んだ眸を細めた。

「俺たちは一緒くたに青い瞳と言っているが、同族からすれば違いがあるんじゃないかということか？」

「察しがいいですね」

認知や認識とは、親しんでいるものにたいしては細分されるものだ。

昼椿の瞳は緑がかった碧だった。寒さのなかでも青々と繁《しげ》っている椿の葉を想わせる。

朝蘭嬪の瞳は瑠璃を砕いて、融かしたような群青だった。

姐である夕莎はどうだったか。

想いだせない。

彼女は絶えずうつむいて、朝蘭嬪の背後に控えていた。声を聞いたこともあったか、なかったか。華やいだ嬪にたいして、華のない女官——まさに鴛鴦のつがいだ。なにかひとつが違えば、その違いは強く印象に残るが、全部が違うときにひとつひとつの違いに意識をむけることは難しいものだ。

（ん、全部が違う……疑うべきはここじゃないか？）

鴛鴦を想う。似ても似つかないと言っても、鴛鴦の雄も雌もかたちは一緒だ。どちらかが鶴みたいに脚が細く首が伸びているわけでも、雀ほどまるっこくて小さなわけでもないのだ。色が違えば、印象が異なるだけで。

姐妹はちっとも似ていない——

前提からして疑うべきだったのだ。

些細な言葉のすれ違い、証言に織りまぜられた嘘、無意識のうちに滲みだす魄、ばらばらだった糸を縒りあつめて、妙は真実を糾《あざな》っていく。

「わかったのか」

「はい」

瞳を鏡のようにきらめかせて、妙が曇りのない声をあげた。

「事のウラが視えましたよ」

◇

専属占い師に神の託宣があったと、通達したのは累紳だった。

三日後、日中（午後十二時）の正刻――後宮にある円型劇場の舞台を借りて、託宣に基づき、事件の真相をあきらかにすると。

第一皇子直々の報せということもあって、朝蘭嬪の宮に勤めているものばかりではなく、事件に関心を寄せていた妃嬪や女官、宦官たちが続々と劇場に集まってきた。

「やっと、着替えが終わったのか」

女官たちと入れ替えに控え房室《しつ》を訪れた累紳は、待ちくたびれたとばかりに言った。

華やいだ袖をはためかせ、妙が息巻いて振りかえる。

「なんだって、こんな格好しないといけないんですか！」

緋の絹で織られた襦《じゅ》に青碧の裙《くん》。帯は橙。綺麗に編みあげられた綬帯《じゅたい》には真珠がついていた。古典の色調で統一された襦裙《いしょう》は、いかにも高貴な身分の者が身につけるといった趣を漂わせており、妙は袖を通しただけでも身震いがした。

値を想像するだけでも怖ろしい。

「第一皇子つきの占い師が女官服を着てたんじゃ、格好がつかないだろう。それにあんたが言ったんじゃないか、印象は大事だと」

「それは、華やかに飾りたてても、様になる人の話ですよ」

つけたこともない紅をさして、額には花鈿《かでん》まで施されている。鏡を覗くだけでも気恥ずかしいというか、落ちつかない。

「だったら、問題ないな」

累紳が妙の髪を指に絡めてすくいあげ、唇を寄せた。

「綺麗だよ、あんた」

これまで言われたこともないような言葉にかあっと頬が熱を帯びる。この男には毎度調子を崩されてばかりだ。妙は胸のうちで毒づきながら、はいはいと振りはらった。

「例の彼には、ちゃんと声をかけてくれましたか」

「ああ、第一皇子の権限をつかって、有給にさせた」

「え、そんなんできるんですか。今度、私も有給にしてくれません？」

累紳は笑って肩をすくめてから、ぽつりと言った。

「しかし、人の心というのは、おぞましいな。お綺麗に取り繕って、裏でなにを考え、どんな悪意を育てているかもわからない」

累紳はすでに妙の推理を聞いている。

「そうですかね。人なんか裏があってなんぼですよ。誰かを想いやるから、嘘をつくこともあれば、取り繕うこともあります。ほんとにおぞましいのは、表も裏もなくなったときですよ」

「そういうものか」

「そういうものです」

まもなく開演だ。

「いいんですか。私の推理が違っていたら、貴方が大恥をかくことになりますよ」

「そうだな。けど、あんたは――はずさない。ぜったいにだ」

「神も祖霊もついてないのに？」

累紳が笑った。

「だからだよ」

みているだけでも胸を締めつけられるような笑いかただった。そんなふうに微笑まれたら、腹を括《くく》るほかにない。

「どうせだったら、神サマまで欺いてこい」

言われるまでもなく、とばかりに妙が唇をひき結んで踏みだす。

斯《か》くて、占い師は舞台にあがった。

縺《もつ》れた謎を解くために。

◇

劇場は日頃から帝族や政客を饗《きょう》すための舞や武芸などが披露されているだけあって、贅をつくして飾りたてられていた。青銅の鵲《かささぎ》が掲げる篝火《かがりび》は盛大に燃えあがり、壁に鏤められた螺鈿《らでん》は燈火《ともしび》を映して満天の星のようにきらめく。

傍聴を希望する観衆が六稜星《りくりょうせい》を象った舞台をぐるりと取りかこんでいる。

渡り廊《ろうか》を進んできた占い師の姑娘が、静々と舞台にあがる。

愛らしくも妖猫めいたふんいきを漂わせた姑娘だ。緋と碧の襦裙を身にまとい、踏みだすごとに袖についた鈴が神妙な韻《いん》を奏でた。

易妙は高らかに声を張りあげる。

「禍も福も解きて、神は真実だけを宣《のたま》う——華朝蘭嬪は舞台に」

女官に腕をひかれてきた華やかな嬪が舞台にならんだ。

瞳のない嬪と睨みあいながら、妙は語りだす。

「雨の、降り続ける晩だったそうですね。皆が寝静まった未明、嬪の臥室《しんしつ》に侵入してきたものがいた。すでに就寝していた華朝蘭は瞳を斬られ、同室にいた華夕莎は助けを呼ぼうとして眼を抉られ、無残に殺された。ここまでは相違ありませんか」

「そうね。そのとおりよ」

「ふむ――でも、奇妙ですね」

妙が瞳を細め、微笑を重ねた。

「ここにいる貴方こそが、ほかでもない華夕莎なのに」

朝蘭嬪が絶句した。

嬪だけではない。傍聴していた群衆たちもそろって、沈黙する。続けてあきれたようにどよめいた。突拍子もない。神の託宣というにはお粗末すぎると失笑を洩《も》らす。

朝蘭嬪もまた花唇《かしん》を綻《ほころ》ばせて、くすくすと笑った。

「なにを言いだすのかと思えば。そんなはずがないでしょう、私は華朝蘭よ。だってこんな華やかな襦裙、姐様に似あうはずがない」

そうだそうだと女官たちも頷きあった。鴛鴦の姐妹を違えるはずがないと。

だが、妙は落ちついていた。

「そうでしょうか。似あう似あわないではなく、夕莎はそもそも着飾ったことがなかった。紅をささず、おしろいもはたかず、髪も結わず。それでは妹とはまったく違ってみえることでしょうね。たとえ、顔のつくりは一緒でも」

「なにが言いたいのよ」

朝蘭嬪がついに怒りをにじませた。

「華夕莎はあの晩、妹を殺め、眼を潰してから服を取り替え、嬪になりかわった。それから、わざと悲鳴をあげて女官たちを呼んだ。誰も侵入者を見かけていないのもあたりまえです。侵入者などはじめからいなかったのですから」

「っ……不敬だわ！　被害者である私にそんなわけのわからない疑いをかけるなんて！」

「そう、被害者です。貴方は被害者だから、疑われませんでした。あの房室にいたのはふたりだけだったのに」

激昂する朝蘭嬪にたいして、妙は冷静すぎるほどに冷静だ。

実際に視てきたものを語るかのように、妙の言葉にはいっさいの惑いがなかった。これは推理ではない。事実を事実として報ずる響きだ。真実だけが持ちうる厳粛さというものがしかと備わっている。

占い師を軽侮していた群衆が、段々と彼女の語りに圧倒されて絡めとられていく。

もしかして神の宣託というのは真実なのではないか。そう思わずにいられない重みが、その言葉の端々から滲んでいた。

「違うというのでしたら、その眼を覆っている包帯をほどいてください。傷はとうに癒えているはずです。だって、貴方は瞼に傷をつけただけなんですから」

彼女は医官の診察を拒否し続けていたという。崩れた顔を男にみられたくないからと。

だが、ほんとうに失明するほどの傷ならば、恥などとは言ってはいられないはずだ。

「いやよ、ぜったいにいや」

朝蘭嬪が頑なに拒絶するほど、疑いの視線は増える。

観衆からついに声があがった。

包帯をほどけ――斬られたのが真実ならば、なにをためらうことがあるのかと。

それは徐々に、熱を帯びた大合唱になる。

朝蘭嬪が唇をかみ締めながら、刺繡の施された包帯をほどいた。

「さ、幸いなことに傷が浅かったの。それだけよ……」

かすかにかさぶたが残っているが、傷はあきらかに眼球には達していなかった。

「瞳はひらきますね？」

いますぐ逃げだしたいとばかりにつまさきがあがっては落ち、朝蘭嬪はついに観念して瞼をあげた。

刹那《せつな》、彼女はか細い悲鳴を洩らす。

青い瞳がこぼれんばかりに見張られる。

「昼椿様？」

客席の最前列には青ざめた昼椿がいた。

昼椿は頭《かぶり》を振り、青碧の瞳を潰すようにひずませる。

「……朝蘭、じゃない……」

静寂《せいじゃく》の水鏡にほたりと昼椿の声が落ち、波紋を拡げた。

「違う、違うのよ、これは……」

「朝蘭の青は瑠璃だった。紫がかった珠の青さだ。だが君は、緑がかった青藍《せいらん》だ。……君は、ほんとうに彼女の姐なんだな」

いやいやと髪を振りみだして、朝蘭――ではなく夕莎は絹を裂くように絶叫する。

彼女はまだ取り繕えると思っていたはずだ。事実、後宮には姐と妹で瞳の青さが違っていたことを知っているものはいなかった。昼椿をのぞいて。

夕莎は昼椿を騙すためだけに妹を殺めたのだ。

「貴方は、妹が下賜される武官――昼椿に懸想していた。だから、昼椿のもとに嫁ぐ朝蘭になりかわろうとした。そうですね？」

妹になりすますには目が邪魔だった。ゆえに彼女は妹の瞳を潰して殺害したあと、みずからの瞳をも永遠に包帯の裏に葬った。昼椿の愛を、その身に享《う》けるために。

「そうよ、昼椿様と結ばれたかったのよ！」

夕莎は喉が裂けそうなほどに声を荒らげた。激烈な愛を投げつけられた昼椿はその表情にあきらかな恐怖を浮かべる。

「私は幼いときから昼椿様のことが好きだった！　なのに妹は、故郷の男になど嫁ぎたくないと不満ばっかり。だったら私が妹になって、昼椿様と結ばれようと思っただけ！」

「君は、妹を可愛がっていたはずだ。彼女も君には、とてもなついていた、それなのに」

「可愛がっていた……？　ふ、ふふふ」

夕莎が嗤いだす。だが嗤っていてもそれは、喜びによるものではなかった。怒りだ。喉からあぶくが弾けるように強い怒りの塊があふれだす。

ひとしきり嗤い続けてから、彼女はかっと鼻づらに皺を寄せた。

「可愛いものですか！　疎ましかったわ、ずっと、ずっとね！　姐様、姐様って、どこにいくにも私を連れまわして！　私がいないとなんにもできないくせに」

窮《きゅう》したねずみは猫をかむが、破綻に瀕したときに人はウラもオモテもまぜこぜになる。皮膚という皮膚が、紅蓮《グレン》と裏返るような奇忌《グロテスク》——隠すべきものが剝きだしになることほど、おぞましいものはなかった。熟れた臓物をぶらさげていると一緒だ。

「どれだけ妹に縛られてきたことか……あの姑娘《こ》はね、私が紅をさすことも許さなかったのよ。一度だけ、髪を結いあげていたら、顔を真っ赤にして鋏《はさみ》で紐を切り落とした。姐様には似あわないって。彼女は私のことを引きたて役だと思っていたから、私が着飾るのがよほどにいやだったのね」

彼女は憎々しげに喚いて、またからからと嗤った。

「でも、ふふふ、着飾ったら女官たちだって妹か、私か、見分けがつかないのよ……おかしいったら、あはははっ」

群衆も女官たちも事態についていけず、唖然《あぜん》としている。

控えていた刑部の官吏に取り押さえられても、夕莎はまだ壊れたように嗤い続けていた。官吏に縄をかけられ、嬪殺害の罪人として連れていかれる。

「……夕莎様」

妙が最後に、彼女の背に声をかけた。

「貴方の妹さんは、姐である貴方を愛していましたよ」

朝蘭嬪は常連だった。みていれば、わかるのだ。朝蘭嬪は姐に喋りかけるときは毎度身ごと振りかえり、ときには腕まで絡めていた。瞳は熱を帯び、輝いていた。あれは疑いようもない好意だ。ともすれば、恋でもしているかのような。

（ああ、そうか）

すとんと、胸に落ちてきた理解があった。

妹は、姐に恋をしていたのだ。

（だから姐が飾りたてることも、宮に宦官をおくことも嫌がったのか）

わかりやすい妬《ねた》みだ。姐を愛する男が現れて嫁に連れていかれないよう、姐の芽を摘み、華陰《はなかげ》に隠し続けた。

「……夕莎、君は妹を憎んでいたそうだが」

昼椿が震える声をしぼりだす。

「私は、君が妬ましかった。朝蘭が嬉しそうに喋るのはいつだって、君のことばかりだったから……なあ、知っていたか？　彼女は幼い頃、姐様と結婚すると言って、きかなかったんだ」

夕莎が息をのんで、振りかえった。

砕けるように青藍の瞳が潤む。

袂《たもと》を濡らす雫は、妹を殺めてしまったことにたいする慙愧《ざんき》の涙か。愛した男を騙しとおせなかったことにたいする後悔の涙か。

官吏が縄を引っ張り、夕莎はうつむいて歩きだし、再びには振りかえらなかった。

彼女が最後になにを思ったのかは、妙にもわからない。

どこからともなく、拍手があがった。

振りむけば、累紳が舞台の袖で盛大に手を打ち鳴らしていた。それをきっかけとして、劇場に拍手が満ちた。群衆たちが総だちする。

妙は憂いを振りきって微笑をつくり、声を張りあげた。

「神は虚偽を享給《うけ》ず――これにて、終《しま》い」

◇

哀しい事件だった。男は妹を愛し、妹は姐に恋慕《れんぼ》を寄せ、姐は男に愛されるために妹を殺めた。三者三様の愛を咲かせ、だが結局はどれも実らず、落ちた。

（姐と妹か）

妙はなぜか、みずからの姐を想っていた。

姐のことを想いだすとき、瞼の裏にはきまって、穏やかな微笑が咲き綻ぶ。

「妙、あなたはわたしの自慢の妹よ」

彼女はどこまでも純真で、綺麗なひとだった。

両親がいなくなったあと、姐は幼かった妙のために懸命に働き、ご飯を食べさせてくれた。齢《よわい》七にも満たなかった妙にはよくわからなかったが、いまになればあのとき、姐は娼《しょう》妓《ぎ》をしていたのだとわかる。妓館に入ることなく袖振りあっただけの男を誘い、春をひさいで暮らしていた。

だが、なかには姐を騙そうとする男もいた。

(だから、心理を身につけた)

いつだったか、姐妹を哀れみ、養子に迎えたいと訴えてきた男がいた。

だが男は喋っているあいだ、ほとんど瞬きをしなかった。翌朝にあらためて迎えにくるといわれ、姐は喜んでいたが、妙はどうも怪しいから隠れようと提案した。

翌朝になって姐妹のもとを訪れたのは女衒《ぜげん》だった。女衒は姐妹が長屋にいないとわかって、まわりの人たちにまであたり散らし、暴力を振るった。倉に身をひそめて事態をみていた姐は妙を抱き締め、かたかたと震え続けた。

「妙が教えてくれていなかったら、今頃……」

それからというもの、妙は姐の連れてきた男たちを細かく観察するようになった。分析を繰りかえして、嘘をついているものはきまって不自然な行動を取ることに気づいた。たとえばそれは瞬きの異常な増減だったし、落ちつきのない視線や手の動きでもあった。

妙は一度、嘘というものを恨んだ。

（そもそも、父さんが知人の嘘なんかに騙されなければ、借金を背負わされることもなく、いつまでも家族一緒に幸せでいられたんだ――）

だが、そのとき、想いだしたのだ。両親が失踪したときのことを。

祭りの晩だった。姉妹に凧《たこ》を握らせて、ここにいてねと言ったきり、母親も父親も帰ってはこなかった。

姉と一緒に、朝までふたりを捜し続けた。

やがて昼になって、静まりかえった祭りのあとで、それでもまだ親を待ち続けていた。

再びに黄昏《たそがれ》が訪れたとき、七歳だった妙は捨てられたのだという現実を受けいれ、泣き喚いた。

「だいじょうぶよ、だいじょうぶ」

姐はぎゅっと強く妙を抱き締めた。

「お姐ちゃんがいるからね、なんにも心配は要《い》らないのよ」

あのとき、そういって微笑みかけてくれた姐の言葉は――まるっきりの嘘だった。

人は誰もが嘘を重ねて、生き続けている。生きるための嘘。愛するための嘘。嘘に助けられることもあれば、嘘に護られることもある。

姐によって、妙は嘘と悪意はかならずしも結びつかないと知った。

だが、五年前。

最愛の姐もまた、失踪した。

(姐さんのことを捜し続けていた。都で占い師をやっていたのも、なにかの縁で姐さんにたどりつけるんじゃないかと思っていたからだ)

けれど、鴛鴦姐妹の事件をみて、妙は果たして姐を捜し続けていいものかと不安になった。妙の姐も、妹がいなければもっと幸せだったのに、と思ったことがあったのではないだろうか。

妙には心理は解けても、心が読めるわけではない。

だから想像するほかなかった。

姐が幸福ならば、それでいい。彼女の幸せを確かめたら、声もかけずに離れるから。もう一度だけ、逢いたい——でも、そんな想いすら、姐を縛りつけることになっているのだろうか。

「易妙」

物想いに耽っていた妙は、後ろから声をかけられて現実にかえった。

傍聴していた群衆はすでに全員退席して、劇場はがらんどうとなっている。紅の髪をなびかせた累紳が舞台にあがってきた。

「いい舞台だった」

きゅうと唇の端を意識してもちあげてから、妙が振りかえる。

髪をはねさせ、親指をつきあげて、彼女は晴れやかに笑った。

「ふっふっふっ、なかなかに真にせまっていたでしょう」

「ああ、たいしたもんだよ、あんたは」

憂いなど、らしくないと妙はみずからに言いきかせる。悩んでいても、腹のたしにもならないのだから。

彼女もまた、どこかで嘘を重ねている。

心に鍵をかけるのも嘘のひとつだ。

でも、それでいいのだ。

細やかな嘘をつきながら、暮らし続けるのが人なのだから——

◇

「う、うっ、うまあああぁぁっ」

至福の声が響きわたる。

日は暮れ、あたりにはこうこうと提燈がともされていた。春といえども、風は寒々しい。

劇場の外にある階段に腰かけて宮廷の包子を頬張る妙は、感極まっていた。

蒸したて熱々の饅頭から豚の脂がじょわじょわと滴るほどにあふれだす。上質な脂で頬がとろけたところで、今度は筍《たけのこ》、香姑《しいたけ》、帆立、海老が躍りだしてきた。

ふわり、じゅわ、ぷりぷり、とろっ、こりこりと、擬音が口のなかを跳ねまわる。さな

がら高級食材たちの華劇《ファジュ》だ。うまくない、わけがなかった。

「こんな豪勢な包子、食べたことないですよ」

妙は瞳いっぱいに星を瞬かせて、感激している。

「ふ、よかったな」

累紳が微笑して、妙の頭をぽんぽんとなでた。

ひとくちごとに歓喜に震える妙を見つめる累紳の眼差しは暖かい。愛しむように眸を細めながら彼は言った。

「ほかにも食べたい物があれば、なんでも言ってくれ」

「なんでもですか！」

妙は思わず声をあげたが、まだまだ事件がもちこまれるのだと理解して、さあっと青ざめた。うまい話には得てして、裏があるものだ。

最後のひとくちを惜しみつつ、口に放りこんでから、妙がひょいと腰をあげた。

「これっきりですってば！　もう事件なんか、こりごりですから！」

「そうかな？」

階段を一段とばしに逃げていく妙の後ろ姿に眸を細めて、累紳が笑った。

「あんたは逃げられないよ、……俺が逃がさないからな」

累紳の遙か頭上で星がひと筋、流れた。運命が動きだす先触れのように。

人の禍福とは縁によって転ずるものである。累紳との縁がのちに易妙の禍福を糾《あざな》うことになるのだが、今はまだ、星は満ちず。
ただ、累紳だけが不敵に微笑んでいた。

第二部　《耳》を貸さない

やること、なすこと、うまくいかないときというものがある。

占いでいうところの大凶、というやつだ。

女官占い師である妙《ミャオ》には神も祖霊《それい》も憑《つ》いてはいないが、今日にかぎっては運もツイていなかった。

発端は昼の賄《まかな》いが妙の取り分だけなかったことだ。しかたなく最寄りの定食屋にいったら、いつもはがらがらなのに、長蛇の列ができていた。根気強くならんで、昼ご飯にありつけると思ったところで完売してしまった。よそにいっても昼やすみが終わるまでに間にあわない。諦めて帰ることになった。

腹ペコで仕事を終え、今度こそご飯を食べようと屋台で包子《パオズ》を購入したそのときだ。凶暴な鶏が襲いかかってきた。包子だけは奪われまいと逃げまわっていたら、誤って橋から転落――今にいたる。

幸いにも水は浅かったが、頭まですぶ濡れになった。慌てて紙袋に入っていた包子を確かめる。つぶれて、べっちょべっちょだ。

ああ、またしても食べ損ねたと、妙は肩を落とす。

「なにしてるんだ、あんた」

後ろから声をかけられる。

振りむけば、累紳《レイシェン》が橋の上から覗きこんでいた。

「いやあ、にゃはは、橋から落ちちゃいまして。だいじょうぶですよ」

「だいじょうぶじゃないだろ」

照れ隠しに笑ってみせれば、累紳は盛大にため息をつき、腕を差し延べてきた。

「ほら、つかまれ」

「ひとりであがれますよ」

「無理だろ」

「階段までまわれば、なんとか」

そうは言ったものの、階段までは遠かった。おとなしく、累紳にひきあげてもらった。

橋にあがったが、髪からも服からもぽたぽたと雫《しずく》が垂れている。

「そんなずぶ濡れの格好でいたら、風邪《かぜ》ひくぞ」

「でも、私、風邪ひいたことないんで」

「いいから、ついてこいよ」

累紳に腕をつかまれ、なかば強引に連れていかれる。

夕がたの後宮の大通りは混雑していた。溢《あふ》れかえる雑踏のなかでも、紅の髪をなびかせた累紳は視線を集める。妃嬪《ひひん》たちが湧きたつように声をあげて、振りかえった。妙は累紳が濡れねずみのような女官を連れていると思われるのが恥ずかしくて、彼の腕を振りほどこうとしたが、思いのほか強く腕を握られていて、無理だった。

人通りの絶えた路地に差しかかり、妙は安堵《あんど》する。

質素な殿舎《でんしゃ》があった。軒からは吊燈籠《つりどうろう》がさがっているが、火は燈《とも》されていない。廃宮かと思ったが、累紳は妙を連れて、殿舎にあがる。

やけに殺風景な宮だ。調度は最低限で、花なども飾られていない。

「ここ、誰の宮ですか？」

「俺の宮だけど？」

想像だにしていなかった言葉に妙は瞳を見張る。

都では第一皇子は後宮に通いづめだと噂されていた。だから宮廷から渡ってきているのだと思っていたが、後宮で暮らしていたとは。

妙が呆気《あっけ》に取られているうちに累紳がいなくなる。しばらくして彼は湯桶《ゆおけ》と布、乾いた服を持ってきた。

「これに着替えてくれ」

「ええっ、そんなわるいですよ……くしゅっ」

移動しているうちにだいぶんと乾いたが、確かに寒い。累紳の言葉に甘える。着替えているあいだ、累紳はどこかにいってしまった。女官の制服とは比べ物にならない高級な絹の襦裙《じゅくん》だ。いささか緊張して袖《そで》を通す。

「終わったか？」

妙が「はい」と言うと、累紳は温かい茶の乗った盆を運んできた。

「わ、ありがとうございます」

それにしても、女官のいる様子がない。妙の思考を察したのか、累紳が言った。

「女官はつけていない。ふつうに暮らすだけだったら、俺ひとりでもできるからな」

「え、じゃあ、これも累紳様が淹《い》れてくださったんですか」

皇子がみずから茶を淹れるなんて聞いたこともない。

「訓練した女官が淹れているものと違って、味が落ちるかもしれないが」

「そんなことないです」

茶は渋くなく、かといって薄くもなく、絶妙に淹れられていた。

「命婦でもここまで茶を淹れられる人はめずらしいです。今度教えてくださいよ。私は毎度、茶の淹れかたがへただと先輩に叱られてばかりなので」

素直に感想を言うと、累紳は嬉しそうに眦を緩めた。

「よかった。母によく淹れていたから、な」

累紳の母親ということは、今は亡き皇后だ。累紳は正室の第一子。やんごとない身分なのに、彼は廃嫡《はいちゃく》だという。皇子は幼いうちは母親と一緒に後宮で暮らすものだが、成人した後は宮廷にあがるのが常識だ。いまだに宮廷ではなく、後宮に身をおいているのも廃嫡のせいか。

（考えてみたら、累紳様のこと、なんにも知らないな）

だからといって、あらたまって身の上を尋ねるような関係でもないと妙は考えなおす。

茶を飲むうちにお腹の中から温まってきた。

「なにからなにまで、すみません」

「たいしたことをしたつもりはないが……ああ、そうだ。借りをつくりたくないんだったら、ちょっとばかりつきあってくれないか」

いやな予感がする。累紳に誘われるときは大抵が物騒なことだ。

「また、事件じゃないですよね。今度は鼻がそがれた死体がでたとかだったら、謹《つつし》んでご遠慮したいんですけど」

「事件は関係ないから、安心してくれ。いまから都に用事があってな。連れが必要なんだよ。一緒にきてくれないか」

「都？　私は女官なので、後宮を離れることはできないんですけど」

妃妾《ひしょう》は帝族が連れだすときにかぎり出掛けられるが、後宮に入った女官は任期が明けるか、つかえている妃から許しをもらって申請しないと後宮の外にはいけない、はずだ。

だが、累紳は笑った。

「そのための服だろ」

襦裙姿ならば、女官だとばれることはないと。

いくら第一皇子とはいえ、かんたんに規則を破っていいのだろうか。妙がなにかを言うまもなく、朝からなにも食べていなかった腹がぐううと鳴った。累紳がここぞとばかりに口の端を持ちあげる。

「うまい飯をたらふく食わせてやるからさ」

◇

都の喧騒《けんそう》はごった煮の鍋のようなものだ。

後宮も小都といわれてはいるが、あくまでも雅《みやび》やかに統一されている。富める者と貧しい者が袖を振りあい、商奴や娼妓《しょうぎ》が日銭を稼ぎにかけずりまわる都とは違った。

妙が後宮に拉致されてから、二カ月が経つ。

暮らしなれた市井《しせい》の風景を懐かしむほどには時は経っていないはずだが、馬車の窓から眺めたその風景はどこか遠く感じた。

累紳に連れていかれたのは都の餐館《レストラン》だった。

餐館も大衆食堂も食事を取るところだが、客層がまるで違う。提供される食の質も違えば、価格も雲泥《うんでい》の差だ。妙が都で占い師をしていた頃は、ときどきうまそうなにおいを嗅ぎに通りかかるくらいで、立ち寄るなど夢のまた夢だった。

「取引先と商談があってね。あんたは気にせず、食ってるだけでいい」

円卓に続々と豪華な料理が運ばれてきた。海老チリに酢豚、回鍋肉《ホイコーロー》、家鴨《アヒル》のまる焼きに焼売《シュウマイ》、海鮮粥《ハイシエンジョー》と扁肉燕《ピエンニュツイエン》。大きな卓を埋めつくすご馳走《ちそう》の山を眺めて、妙が心のなかで歓喜の声をあげる。

(すごい……禍《わざわい》転じて福となすって言うけど、こういうことだったのか)

どれも死ぬまでに一度、食べられるかどうかといった豪華な品々だ。今、腹いっぱいに食べなければ、後生の後悔になるとばかりにがつがつと食べ進める。さすがは明蝦《くるまえび》だ。からりと揚《あ》がった海老の尾にまで旨みがある。幸せをかみ締めながら、妙はちらりと累紳のほうを覗《うかが》った。

累紳と喋っているのは、みるからに裕福そうな豪商の男だった。高値《こうじき》そうな織の帯にでっぷりとつきだした腹が乗っている。古狸みたいだなと妙は思った。

「累紳様の着想は実に素晴らしかったです。実在の女の姿絵に商品である口紅を塗り、都の各処に貼りだす――広告の効果は絶大で、紅はとぶように売れました」

「それなのに、後宮ではいまひとつ、売上が振るわなかったと。そういうことだな」

ふたりとも食事には箸もつけず、商談を続けている。

(もったいないな)

富を振りかざすため、あえて食べもしない量の料理をならべさせているのだ。これは責任をもって、残さず食べなければ、と妙は意気ごむ。

「はは、すでにお耳に届いていましたか。左様です」

第二部　《耳》を貸さない

豪商はおおげさに眉尻をさげた。

「後宮は今、小都といわれるほどの規模になっています。新たな市場としてこれほど素晴らしいところはありません。新たな策を打ちだしたいところなのですが」

「都のやりかたでは、華やかな物品に飽いた妃嬪がたには通じない、か」

「左様です。もっとも、わが朱雀商幇《すざくしょうほう》の練り紅は最高の品物です。一度でもつかっていただければ、妃嬪がたにも良さがご理解いただけるはずなのですが……だからこそ、宣伝が重要なのです」

妙は焼売を頬張りながら、思いだす。

そういえば、後宮の大通りでそんな宣伝掛け軸《ポスター》をみたことがある。

麗しい女の姿絵を飾る、艶《つや》やかな紅。

妙でも印象に残っているくらいなのだから、効果がなかったわけではないだろうが、立ちどまって眺めている妃妾は誰もいなかった。

「階級の高い妃嬪がつかっているとなれば、話題になるのではないかと思うのですが。如何せん、私には後宮に踏みこむことはできませんので。累紳様から後宮の妃嬪にお声かけして、絵姿を描かせていただくことはできますかな」

「女の絵師ならば、後宮に入ることも可能だろうが……」

第一皇子である累紳が商売にかかわっているというのは意外だった。商談をする累紳の瞳は真剣だ。だが、まわりは道楽とみるだろう。累紳が放蕩者《ほうとうもの》と謗《そし》られるのには、こういうこともあったのか。

「それにしても」

豪商が妙に視線をむけた。

「貴公が姑娘《むすめ》を連れてくるとは意外でした。ずいぶんと食欲の旺盛《おうせい》な小姐《おじょう》さんですが、彼女が……その、前に仰っていた」

「ああ、これでご理解いただけるだろうと思ってね。あなたのところのご令嬢は素敵な御方だが」

(ん?)

茹《ゆ》で海老の殻《から》を剝《む》く指をとめ、妙が頭を傾げた。

話題が不穏なほうに移っている。不穏というか。

(こいつ、まさか)

累紳は穏やかに微笑する。

嘘をついている素振りひとつなく、彼はとんでもない言葉を続けた。

「俺は、彼女を愛しているので」

ほうけたように口をあけた妙が箸《はし》を取り落とす。

(縁談を断るために私を連れてきたのか!)

「新しい箸を」

累紳がすさかず、餐館の者に声をかけた。

豪商は咳払いをして、腕を組む。笑みだけは取《と》り繕《つくろ》っているが、これはそうとうにご立腹だなと妙は感じた。腕を組むというのは拒絶を表す。端的に言えば、妙のことを受けいれたくないということだ。

（なんか、もやっとするな）

豪商からバカにされるのは、妙はいっこうに構わない。さげすまれてもしかたのない身分だし、第一皇子とあきらかにつりあっていないことは理解している。だが――と妙は累紳に視線を投げた。

累紳はモテるのだ。こういうときにもっと見映えのする妃を連れてくることもできたはずだ。なぜ、よりによって、妙なんかを選んだのか。

（あ、そっか、私を助けてるうちにほかの妃嬪を誘いにいく暇がなくなったのか）

食事を餌にして、妙を口実につかった累紳のことは気に喰わない。だから、彼の風評がどうなろうと知ったこっちゃない、のだが――

（ああ、やだやだ、せっかくの飯が不味《まず》くなるじゃないか）

妙は箸をそろえ、口をひらいた。

「――先ほどの広告について、ですが、後宮の妃嬪を起用したところで、他の妃妾たちの購買意欲を掻きたてるのは難しいかと思います」

妙が商売の話を聞いているとは思ってもいなかったのか、豪商は驚いた顔をした。だがそれはすぐに渋面に変わる。

「小姐さん、女だてらに商売の話に嘴《くちばし》を挿《はさ》むのは感心せんな」

「なぜですか。客も女でしょう」

男社会といえども、女の考えひとつ聞かずに女の客を対象とした商売をするのはいかがなものか。古狸のような豪商はふうむと唸った。

「後宮ではなぜ、女の姿絵が不評なのか。小姐さんにはわかるのかな」

「後宮の妃嬪はお互いを敵視しているからです」

妙は歯に衣着せずに言いきった。男ふたりは顔をひきつらせる。

「どれだけ仲睦《なかむつ》まじそうに振る舞っていても、妃嬪たちは裏では絶えず競いあい、ちっくちく刺しあっています」

豪商が思わず累紳をみる。

「そ、そうなのですか？」

「そう、かもしれないな」

思いあたる節《ふし》があったのか、累紳が苦笑した。

「都の女たちはとても単純です。絵に描かれたような美女と同じ口紅をつかっているというだけで、自分まで綺麗になれたような気分になります。でも、後宮の妃嬪がたは、そうはいきません。妃嬪は傲慢《ごうまん》……こほんこほん、誇り高い御方ばかりですから。自分が一番じゃないと気にいりませんし、他の女がつかっている物とはかぶりたくない、と考える御方も多いかと」

豪商が頷《うなず》き、顎髭《あごひげ》をなでた。髭に触れるのは熟考している証拠だ。

「かぶりたくない、か。なるほど、一理あるな」

「絵姿に描かれた妃嬪と比較されたとき、自分がちょっとでも見劣りするのがいやなんですよ。ああ、絵姿の妃嬪のほうが似合ってたなとか誰かに想われたら、もう最悪です。まわりの視線を気にするどころか、他人の風評に命を懸けている御方ばかりですから。殿方はあんまりご存じないかもしれませんが、それが女の心理です」

妙は断言する。

「そうなると、君ならば、どんな掛け軸《ポスター》を貼りだせばいいと考えるかね」

試すように豪商が尋ねてきた。異議だけのべて終わるのであれば、期待はずれということだろう。妙は思案しつつ、ちらりと累紳をみた。うん、いつみても、誰もが振りかえる超絶美男子《イケメン》だ。これならいける。

「累紳様が最適かと」

累紳も豪商も度肝を抜かれたように顔を見あわせる。

「俺にそういう趣味は……」

女装をさせられると思ったのか、累紳が苦虫をかみつぶしたように呻いた。だが妙は「違います、違います」と頭を横に振る。

「つけるんだったら、頬《ほお》ですね。こう、横にすっと、刷毛《はけ》ではいたみたいに。後宮の妃嬪だったら、ぜったいにくらっときますよ！」

これならば、妃嬪たちの競争心をあおることなく、口紅の魅力を宣伝できる。累紳は複雑そうだったが、豪商は「それはいい！」と大絶賛した。

「価格は都の値よりもあげたほうがいいです。かわりに紅を容れる器にも凝りましょう」

「貝殻などはどうかな。東の島では蛤《はまぐり》や蜊《あさり》の殻に紅を容れるのだとか」

「いいですね。紅筆《べにふで》もつけたらどうでしょうか」

意気投合したふたりが盛りあがっているのをみて、累紳がやれやれと肩をすくめる。だが、すぐにふっと頬を緩めて、嬉しそうに笑った。

「やっぱり、あんたを連れてきてよかったよ」

◇

「みて！　ほら、あの姿絵」

「まあ、格好いい！　口紅の広告なのね」

「知らないの？　姿絵が素敵すぎて、後宮中で話題になってるのよ。入荷するとすぐに売りきれてしまうんだとか」

「誰の絵姿かしら」

「累紳様に似ているわね」

後宮の町角に貼られた掛け軸《ポスター》の前で妃妾たちが黄色い声をあげている。

側を通りがかった妙は姿絵に視線を投げた。

掛け軸に描かれた累紳は頬についた口紅をぬぐって、物言いたげにこちらをみている。艶《なま》めかしいが、かといって、服を着崩しているわけでもなく、うら若き女たちの想像をほどよく掻きたてる。累紳の魅力があふれる姿絵だ。

よほどに敏腕の絵師に描かせたに違いない。

「私、実はさきに予約してるのよ」

「まあ！　私のも一緒に予約してくだされば、よろしかったのに」

話題になっているようで、なによりだ。妙は満足して、町角を通りすぎた。


…………

……


それからしばらく経ち、妙は累紳に連れられて、またも都の餐館《レストラン》にきていた。豪商は累紳と妙をみるなり、破顔した。

「大好評です。いやはや、さすがは累紳様が認めた小姐さんですね。それはそうと、実はひとつ、ご相談がございまして」

「貴公の商幇にならば、さらに投資することも可能だが」

累紳の提案に豪商は頭を横に振った。

「いえ、私個人のご相談なのです。私には花鈴《ファリン》という年の離れた妹がおりまして、今は後宮にいるのですが」

「花鈴妃か」

「ああ、ご存じでしたか」

「会ったことはないが、帝族の御子《みこ》ができたという噂は聞いたことがあるな」

「左様でございます。ただ、その御子に少々……問題がありまして。まだ五歳になったばかりなのですが、疾患《しっかん》があるそうで」

豪商は言葉を濁《にご》す。

「それは心配だな」

「花鈴もたいそう思い悩んでいたのですが、後宮のなかになんでも華光《かこう》の薬水《やくすい》なるものを提供している妃嬪がいるのだとか」

「なんだ、それは」

累紳が怪訝そうに眉を動かした。豪商も「累紳様がお疑いになられるのもごもっともです」と言った。

「妹はその妃嬪に多額の布施《ふせ》をしているらしく、この頃は私にも無心をしてくるのです」

さっそく食事をはじめていた妙は海老焼売を飲みこんでから、尋《たず》ねた。

「変じゃないですか？　後宮のなかで商売をするのには許可が要《い》りますよね。でも、そんな胡散臭《うさんくさ》い商売に許可がおりるとは思えないんですが」

「仰るとおりです。なので布施は金銭ではなく、絹や宝飾といった物品で募《つの》っているそうです。これならば、規則にも抵触しません。実に卑怯な手段です、許しがたい」

「へ、へえ、そうなんですね」

妙はとっさに視線を逸《そ》らす。妙がやっている占い師商売とほぼ一緒だ。もっとも妙が報《ほう》酬《しゅう》として受け取っているのは食物で、ぼったくりを働いているわけではないが、どことなく気まずかった。

累紳もそれを察したのか、横で苦笑する。

「まあ、実際のところは金の問題ではないのです。ただ、妹が胡散臭い商売に騙《だま》されているのではないかと気がかりで」

豪商の男には後宮内部の事情を探ることはできない。

「累紳様、ご面倒かとおもいますが、一度調べていただければありがたいのですが」

「そうだな。花鈴妃が気がかりなのはもちろんのこと、多額の布施が動いているとなると放ってはおけないな。わかった。調査を進めよう」

「感謝いたします」

豪商が頭をさげる。

（まあ、私には関係ないな）

妙はそう結論づけ、炒飯《チャーハン》を掻きこむ。

だが、豪商はこう続けた。

「信じ難い話なのですが、妃には実に神妙な力があるという噂もあります。医官に匙《さじ》を投げられた患者が華光の薬水とやらを飲んで、実際に回復しているとかで、信者も大勢いるとか」

猫耳に似た妙の髪がぴょんと、跳ねた。

「それ、私も一緒に調査しにいってもいいですか」

「構わないが、めずらしいな」

いつになく真剣な妙の眼差《まなざ》しをみて、累紳は意外そうにした。

「助かります」

累紳がなにかを言いかけたが、妙はすぐに匙を持ち、食事に戻る。まだまだ料理は残っている。勝負はここからだ。

「ほんとにこれ、最高においしいですね」

妙は結局、提供された料理を完食した。

会食の場においては料理を残すのが礼儀なのだが、海老の尾まで残さずにたいらげる食欲と根性は、豪商が「いやはや素晴らしい」と感心するほどだった。

◇

その宮は妙と累紳の想像を遥かに越え、賑わっていた。

蓮池を跨ぐように建てられた殿舎の廻廊《かいろう》には、遠くから眺めてもわかるほどに長い行列ができていた。妃嬪もいれば、女官《にょかん》、宦官《かんがん》までならんでいる。全員が疾患《しっかん》を抱えた患者なのだから、ぞっとしなかった。

「わあ、商売繁盛《しょうばいはんじょう》みたいですねぇ」

「ここが例の夢蝶嬪《モンディエ》の宮だ。士族の姑娘ということもあって、嬪の階級を与えられているが、皇帝を含めて帝族の寵《ちょう》を享《う》けたという記録はないな」

「ああ、よくいるおひとりさま妃嬪というやつですね」

「発端は頭痛持ちの妃嬪に夢蝶嬪が薬水を飲ませたところ、たちどころに改善して、そこから噂が拡がったとか」

妙も累紳もこれといって疾患がないため、風評を聞いたことはなかったが、妙薬を処方する妃嬪の噂はすでに後宮の患者たちのあいだで拡がりはじめていた。医官の苦い薬を拒絶して、夢蝶嬪の薬水を頼る患者も増えはじめているとか。

累紳は宦官の服を着て、特徴のある赤い髪を帽子のなかに隠している。妙はふつうに女官の制服だ。

妃妾《ひしょう》や宦官が続々と殿舎に吸いこまれていく。

まずは遠巻きに眺めていると、後ろから声をかけられた。

「貴方がたも華光の薬水をもとめて、お越しになられたのですか」

妃妾に尋ねられ、累紳は「いや」と言いかけたが、妙があえて肯定する。

「そうなんですよ。夢蝶嬪の噂を聞きおよびまして」

妃妾はそうですかと瞳を輝かせた。同時に握り締めていた指をほどく。無意識に手のひらを握るのは緊張しているときの動作だ。それをほどいたということは同じ患者だと思って気を許してくれたという証拠だった。

「夢蝶様に診ていただければ、ぜったいにだいじょうぶですよぉ。私も不眠が続いていたのですが、夢蝶様の薬水を飲んでから、すっかりよくなりましたからぁ」

妃妾の視線の動きを観察するが、嘘をついている素振りはない。夢蝶嬪に全幅の信頼を寄せているのが窺《うかが》える。彼女も患者が信者になった例だろう。

「ほんとうですか。実は私も不眠続きなんですよぉ」

間延びして喋る癖《くせ》を模倣《もほう》しつつ、妙は妃妾に調子をあわせた。

「まあ、そうでしたか。よろしければ、優先してお薬をいただけるよう、私からご紹介させていただきましょうか」

「ありがたいです」

「先にいって、お伝えしてきますね。それにしても幸運でしたねぇ。夢蝶嬪が薬をくださるのは晴れているときだけなんですよ。なにせ、華光の薬水ですから」

そういって、妃妾は先に橋を渡っていった。

「すごいな。それも心理絡みか」

「そんなところですね。鏡効果《ミラーリング》というんですけど、相手の言動を真似することで好意をもたれやすくなるんですよ。ほら、出身地が一緒だったりするだけでも、親近感が湧くじゃないですか。ちょっとした動き、言葉の調子、表情の移りかわりといった些細《ささい》なものだとくに、相手の無意識に強く働きかけて、知らず知らずのうちに好意をもってもらえます。やりすぎると逆効果なので、あくまでも、偶然似てるね、くらいのかんじで」

累紳は感心してから、眉根を寄せた。

「……それ、男にはやるなよ」

「え、なんでですか」

「なんでもだ」

累紳がやたらと強く説きふせてきたので、妙は訳がわからないなりにも頷いておいた。

「ま、でも、こういうところだと誰かを紹介するほど優遇されたりするものですから、心理云々《うんぬん》関係なかったかもしれませんけどね」

「ねずみ講みたいなものか」

「そうそう……さて、いきますか」

それにしても華光の薬水か。

事前に累紳が調べ、妙に教えてくれたかぎりでは、華光というのは大陸の南部で信仰されていた神だという。妃は南部から嫁いできた士族の娘らしいが、信仰が厚いかといえば、そうでもなさそうだ。そもそも伝承によれば、華光は火の神なのに、薬水とはいかに。ご利益のありそうな名詞を借りてきただけだろうなと妙は思った。

殿舎は神殿のようなつくりになっていた。房室《へや》の隅《すみ》に滝があり、箏《こと》を想わせる水の調べを響かせている。飾り棚には水晶の置物がずらりと飾られ、いかにも「霊験あらたかです」と言いたげな雰囲気を漂わせていた。

房室の北側の一段あがったところが祭壇になっている。

「夢蝶様！　夢蝶様だ！」

信者たちの歓声に振りかえれば、廻廊を渡って、青い蝶を模した襦裙を着こなした妃嬪が入室してきた。あれが夢蝶嬪か。彼女が綿毛のような睫《まつげ》をふせ、まわりに微笑を振りまくと、信者たちは跪いて腕を掲げ、拝みだす。妙を含む新規の患者は熱烈な信者の様子に戸惑ったが、夢蝶嬪は慣れているのか、微笑を崩さない。

夢蝶嬪が壇上にあがる。

蝶の袖を拡げ、彼女は殿舎に集まるもの全員に語りかけた。

「また病める者たちが薬水をもとめて、参られたようですね。命あるかぎり、病みはつきぬもの――――さあ、順番にどうぞ。水を施しましょう」

夢蝶嬪につかえる女官が患者に声をかけ、祭壇にあがるよう、うながす。患者である妃妾は震えがとまらないのか、ふらついていた。女官に腕をひいて誘われ、彼女は祭壇の椅子に腰をおろす。

「あ、あの、わ、私は……」

「つらかったですね。もうだいじょうぶですよ。さあ、こちらの杯《さかずき》をお持ちになって」

夢蝶嬪は緊張している妃妾を優しく抱き締め、透きとおる杯を持たせる。

「彫刻玻璃《キリコガラス》だな」

「へえ、高そうですね。わざわざこのために取り寄せたんでしょうか」

杯と同じ玻璃製の急須《きゅうす》を傾け、夢蝶嬪は妃妾に持たせた杯を満たす。

「掲げてごらんなさい」

彫りきざまれた玻璃の底で、細かな光が舞いあがる。

あろうことか、水そのものが輝きだしたではないか。

「まあ、水が光を帯びて……」

「なんて神妙な」

観衆が感嘆の声をあげた。さきほどまで信者たちの様子に戸惑っていた新規の患者までもが有難いと拝みだす。

だが、妙は冷めていた。

(窓から差してきた日光が透明な玻璃の杯に映って、拡散してるだけだ。ちょっと考えたらわかるだろうに)

強い魄《かんじょう》は喜びであれ、悲しみであれ、感染する。これを情動感染という。とくに感動や興奮は伝播《でんぱ》しやすく、すぎれば集団解離《ヒステリー》という現象をも引き起こす。

「光の移ろわぬうちにお飲みください」

「あ、ありがとうございます」

妃妾が感極まりながら、水を飲む。

「甘い……なんて、あまやかなお薬なのでしょう」

「あまやかに感じられたということは、心と身がこの妙薬を享けいれたということです。かならず、薬能があらわれますよ」

「あ、あ、あれ……」

あれほどひどかった震えが、とまったではないか。

信じられないとばかりに妃妾が手を握って、ほどいて、確かめる。

「これが華光の薬水の奇蹟です」

夢蝶嬪が誇らしげに宣言する。

場が更なる歓喜の渦に沸きたつ。誰もが興奮して「奇蹟だ」「神の御業《みわざ》だ」と連呼するなか、冷静に一連の流れを観察していた累紳が妙に耳打ちをする。

「やらせ、か?」

妙はそれを見破るため、患者である妃妾の震えかたをみていた。腕や足が強張《こわば》り、額に発汗し、震えをとめようと手のひらを握り締める――あれは演技ではできない。

妙が累紳にむかって、ゆっくりと頭を横に振る。

「……そうか」

累紳が祭壇に視線を戻す。

「医官から処方された薬を飲んでも、いっこうにとまらなかったのに、ああ、ほんとうに

「だいじょうぶですよ。またこんなことがあれば、いつでもお越しください。私は、貴女の心の拠りどころになりたいのです」

感動して涙ぐむ妃妾を抱き寄せ、夢蝶嬪も一緒に涙をこぼす。

（本物——なのか？　いや、結論をだすにはまだ早すぎる、か）

妃妾が頭をさげ、祭壇から降りていった。交替に別の妃嬪が祭壇にあがる。その妃嬪は五歳ほどの男児を連れていた。

妃嬪が後ろ暗そうに視線をさげ、夢蝶嬪に訴える。

「その……息子がなかなか、落ちつかず」

「花鈴妃、お言葉ですが、わずかな疑いにも邪はつけこむものです」

今、花鈴妃といったか。累紳と妙が視線をかわす。

あれが、豪商の妹だ。

花鈴妃はひどくやつれていた。隈《くま》ができた目もとは落ちくぼみ、底知れぬ心労が滲《にじ》みだしている。乾いて割れた唇を無意識に舐めているせいで、紅が落ちていた。

彼女に連れられた男の子は終始身を縮め、うつむいていた。だがときどきけいれんするように肩を跳ねさせ、鼻をまげるように顔を歪める。その様は豚が物笑いをしているようで異様だった。鼻が鳴って「え」という濁った声がまざる。

豪商は御子に問題があって、と言葉を濁していたが、なるほど、このことか。

「かわいそうに……」

夢蝶嬪はそんな子どもの頭をなで、抱き締めながら、母親である花鈴妃に説教する。

「貴女の御子《おこ》には鬼が憑《と》りついています。薬の効能は信じてこそもたらされる、華光の神の愛です。御子とは純真なるもの。効能がないとすれば、母親である貴女がこの薬をまだ疑っているせいです」

「申し訳……ございません」

花鈴妃がきつく唇をかみ締める。

「どうか、もう一度、薬水を」

「……倍のお布施をいただければ、効能が現れるかもしれませんが」

「払います。払いますから、どうか」

花鈴妃が頭をさげ、懸命にすがりつくと、夢蝶嬪は「承知いたしました」と言った。

「効能があるよう、お母様も一緒にお祈りしてくださいね」

花鈴妃はそれに頷いてから、強い語調で子どもにせまる。

「ほら、あなたもちゃんと、真剣に、祈るのよ？　いいわね」

杯を渡された子どもは緊張して身を硬くした。勝手に動く肩や顔の筋肉を、なんとかして抑えこもうとしているのがわかる。真剣に、というよりは、治らなければまた叱《しか》られる、と畏縮しているように妙は感じた。

「どうぞ、お飲みください」

杯が満ちた。水を飲もうとする。だが喉を通らないのか、杯はいっこうに減らない。そのうちに肩が激しく跳ねあがり、水をこぼしてしまった。

「なんで！　飲めないの！」

花鈴妃が声を荒らげた。子どもの肩をつかみ、揺さぶる。

「これはありがたい御水なのよ！　この水のために私がどれだけ！」

言いかけて、花鈴妃は言葉をのむ。

「なんで、治らないのよ……」

花鈴妃は失意に肩を落として、祭壇をあとにした。そんな花鈴妃親子をみる信者たちの視線は非難めいて、とがっていた。

続けて、夢蝶嬪の女官が妙と累紳のもとにまわってきた。

「あなたがたは、李命婦《リーめいふ》のご紹介と聞きおよんでおります。ぜひともまずは一度、水の効能をご体験いただければ幸いですわ」

累紳がすかさず高値そうな帯飾りを差しだすが、女官はそれを受け取らなかった。

「不要です。もし薬水を飲み、効能に感謝の念が湧いたのならば、そのときは御心のままにお納めくだされば」

累紳と妙が壇上にあがる。

夢蝶嬪が腕を拡げ、微笑みかけてきた。

「ああ、わたしにはわかります。おふたりとも悩みを抱えておられるのですね。おかわいそうに。その悩みは心に憑りついた鬼がつくりだしているものです」

累紳は眸《ひとみ》を細めて、さも感心したように唸る。

「さすがは夢蝶様ですね。仰るとおりです」

だが妙には累紳の言いたいことがわかる。

（あれって、私が占いをはじめるときにつかう常套句《じょうとうく》だもんなあ）

悩みがありますねといえば、大抵の者は頷き、理解されていると感じて、喜ぶ。そう思わせてしまえば、あとは身の上話を聞きだすのもかんたんだ。

「悩みごとが頭をもたげ、不眠が続いておりました。ぜひとも安眠できるよう、華光の薬水をいただきたいのですが」

「承知いたしました。それではこちらの杯を。効能があらわれるときには水が蜜《みつ》のように甘く感じられます。まずは、ただの水でご確認いただだいたほうがよいでしょうね」

まずは女官が急須から水をそそいだ。

ふたり分の杯が満たされる。累紳と妙は同時に飲みほした。

（ただの水、だな）

累紳も同じ感想らしい。視線だけで頷きあう。

「私には華光の神から授かった癒しの御力《みちから》がございます。念を注ぎますね」

夢蝶嬪は女官から急須を受け取った。彼女は想いをこめるように緩くまわしてから、あらためて杯を満たす。先ほどより掲げたせいか、杯がきらきらと光をはなった。

「華光の薬水です。飲んでいただければ、違いがわかるかと」

再度、杯を傾けた累紳はかすかに眉根を寄せた。

続けて、妙が確かめる。舌で転がすまでもなく、とろけるような甘みが拡がった。妙は瞳を見張り、理解するにともなって、段々と細めていった。

これは――――だ。

◇

黄昏《たそがれ》のせまった後宮に提燈《ちょうちん》がともりだす。

普段は紅の提燈だが、端午節《たんごせつ》のあいだは黄緑の提燈が軒にならぶ。季節の境にあたる五月は昔から心身ともに病みやすいため、厄払いの緑がすすんで取りいれられる。花桃の季節は終わり、これからは藤や菖蒲《しょうぶ》、睡蓮《すいれん》の盛りだ。

妙と累紳はふたりして帰路をたどっていた。

累紳が足をとめた。妙が振りかえる。

「事のウラは視《み》えたか」

風が吹き渡る。緑の提燈がいっせいに揺れた。

「夢蝶嬪は本物か。それとも、詐欺師か」

「詐欺師ですね」

妙は一考も挿《はさ》まずに答えた。累紳は納得できないのか、続ける。

「だが、同じ急須から注がれたにもかかわらず、女官が杯に入れた水はただの水で、夢蝶嬪の手を介した水は異常なほどに甘くなった」

妙があきれて、肩をすくめた。

「そりゃ甘いですよ。砂糖がたっぷりと入れてあるんですから」

累紳は毒気を抜かれ、どういうことだと続きをうながすように眉を持ちあげた。

「女官から急須を渡された夢蝶様は念を入れるフリをして、急須を緩くまわしていました。おおかた底に沈殿していた砂糖を混ぜていたんでしょう」

「いくらなんでも、そんな子供騙しに引っかかるか？」

「だから言ったじゃないですか。奇芸《てじな》と一緒です」

奇蹟とは種を明かせば、意外なほどに他愛ないものだ。

「ですが、神殿みたいに豪奢な建物の祭壇で、華やかな服を着て、信者たちの歓声を受けながら祭壇に立ち、高級な玻璃の杯に水をそそいでいるのに――まさか、その中身が砂糖水だとは誰も思わないじゃないですか」

「……それは、そうだが」

「現に「砂糖が入っているんじゃないですか」と尋ねるものはいないわけです。だってそんなの尋ねたら、バカみたいだから――それが心理です」

加えて、と妙は人差し指を立てた。

「急須も杯も透きとおった材質の物をつかってましたね。人は透明な物にたいして、不純物がない、明晰《めいせき》であるという心象《イメージ》を抱きます。つまり、透明な器である、というだけで、なにも混入されていないはずだと想いこむんです。そんなはずはないんですけどね」

透明な毒もある。だが、人は視覚に頼りがちな生き物だ。

「想いこみというのはすごいものですよ」

鴛鴦《おしどり》姐妹《しまい》のときもそうだった。妹は華やかだが、姐《あね》は地味——という想いこみのせいで、側にいる女官ですら姐妹が入れ替わっていることに気づかなかった。

「なるほど、理窟はわかった。だが、だったら実際にあれを飲んで症状が改善した患者がいるのはおかしいだろう。震え続けていたあの妃妾も水を飲んだ途端に震えがとまった」

「それなんですけど」

妙も考えてはいたのだ。

あれは砂糖水だ。だが、実際に改善した患者もいる。かと思えば、花鈴妃の息子みたいに効果のない患者もいる。

「偽薬効果《プラセボ》って知っていますか？」

累紳が首を横に振る。

「教えてくれ」

「実際には効能のない物——たとえばただの砂糖玉でも、患者にこれは素晴らしい薬だと想いこませて服用させると、症状が緩和、あるいは回復するという事例があるんです」

「薬でもないのに、か？」

「もともと疾患というのは、心や神経から発症するものもあります。ものすごく緊張してるときに指が震えたり、お腹が痛くなったりしませんか」

「確かにそういうことはあるな」

「これも心理によるものです。睡眠にはとくに心理状態が影響します。今晩も眠れないのではないか、気持ちよく起きられないのではないかと緊張しているのと、この薬を飲んだから眠れると安心して横になるのとでは、入眠までの心理が違うわけですよ」

「心理からくる疾患だと、安心感が最たる薬になる、ということか？」

「ざっくり言ってしまえば、そうですね」

話を聞いているかぎりでは、夢蝶嬪のもとで改善したのは不眠、頭痛、震えと心理がかかわっている疾患ばかりだ。

「花鈴様の御子も、心理的な疾患っぽいですが——重度すぎる。様子をみているかぎりでは、日頃から緊張していることが多いのではないかと思いました」

「確か、母親である花鈴妃が、二歳の頃から科挙《かきょ》のための勉強をさせているのだとか」

「げっ、……確実にそれですね。二歳から試験勉強はいくらなんでも……」

科挙は官僚になるための試験だ。非常に難しく、四十歳をすぎてから突破するものがほとんどで、なかには七十歳になってようやく合格したという者もいるほどだ。

試験勉強の過酷さも尋常《じんじょう》ではない。

「昨年あたりにも試験勉強を苦に自殺した若者もいたとか。勉強って、過剰に強いられたら拷問《ごうもん》ですからね」

「一理あるな」

「重ねて、彼にはいま、強い自責の念があります。これだけ母親に負担をかけているのに治らない、またこまらせてしまう、という重圧による緊張です」

それでは好転するはずもない。

累紳が唸る。

「あんたは――さすがだな、本物なだけある」

「え、なんかそれ、私が騙しの玄人《プロ》みたいじゃないですか！　やだ！」

嫌がる妙に累紳が苦笑する。妙の頭をぽんぽんとなでながら、累紳は優しい眼差しをむけてきた。

「そんなつもりはないよ。あんたは、ほんとうに頭がいい。絶えず冷静にものをみて、思考している。なかなかできたものじゃない」

まっすぐに褒められ、妙は頬が微かに熱をもつのを感じた。こんなふうに誰かに肯定されたのは、いつ振りだろうか。妙を褒めてくれるのは姐だけだった。

だが、姐は妙を残して、失踪した。

「ま、まあ、こういう「神を味方につけてます」というやつの九割は、偽物ですからね！　そもそも、私は神を信じてませんけど！」

照れくささを吹きとばすように妙はわざと威勢よく声を張る。

「ふうん、九割、……ね」

累紳の瞳が陰る。

「残りの一割は？」

「……いるんじゃないですかね、本物が」

ごまかそうとしたが、累紳は無言で続きをうながしていた。

累紳にならば、いいか。

「私の姐です。姐は本物の予言者――でした」

姐がはじめて、予言をしたのはいつだったか。妙が幼少期の記憶を紐解く。そうだ。確か、姐が客と話しているときだった。突然、姐が泣きだしたのだ。

客の妻と娘が今晩、火に巻かれて命を落とす――と言って。

客は気分を害した。あたりまえだ。

娼妓と心おきなく楽しい晩を過ごそうと思っていたのに、家族の話題を振られ、あげくの果てに縁起でもないことを言われたのだから。怒って帰ってもおかしくはなかったが、男はコトだけはちゃっかりと終えて、朝方に帰っていった。

その後、妙と姐が都の市場に赴《おもむ》いたところ、どうにも騒々《そうぞう》しかった。

事情を聞けば、火事があって、妻とその娘が焼け死んだのだという。姐は真っ青になった。現場を教えてもらい、ふたりで一緒にむかうと、焼け落ちた家の側で昨晩の男が泣き崩れていた。

それからだ。

姐は訪れるお客にときどき、予言をするようになった。

「姐が死を視た者は、予言した期日にかならず、命を落としました。あるいは賭けごとなんかの助言をしたこともありましたね。ちょうど、今くらいの時期です。後宮では竜を模った舟に乗って茶会なんかを催すそうですが、巷《ちまた》では競漕《きょうそう》で賭けをするんですよ」

龍舟競漕は五月最大の祭りだ。

「姐が勝つといえば勝ち、敗けるといえば勝率の高いはずの舟でも敗けました。いやあ、百発百中でしたね」

「それはすごいな。都でもそうとう話題になっていただろう」

「宿を転々としていたので、そこまでは。でもまあ、探して訪ねてきたものもいましたね。ただ、そういうときは、姐はいっさい予言はしませんでした。視ようと思って視られるものではないんだとか。あと姐自身にまつわることも視えないそうです」

姐の身に危険なことがせまっていても、予知して避けることはできない。そのため、妙は姐のために心理を編みだす必要があった。

「でも、姐は五年前に失踪しました。占い師をはじめたのも、予言と似たようなことをしていたら、姐さんの手掛かりがつかめるかと思ったからです。都から離れていなければ、あとは捜していないのは後宮だけなんですよね」

「だから、夢蝶嬪の調査に乗ってきたのか」

「そういうことです。期待はずれでしたけど」

夢蝶嬪が本物ならば、姐の手掛かりもつかめるのではないかと思った。

だが、夢蝶嬪はただの詐欺師だ。

妙は落胆していた。累紳は気まずそうに話題を転換する。

「詐欺師だとして、あれはどう取り締まればいい」

詐欺を放ってはおけない。だが、実際に回復している患者がいるかぎり、偽薬であると証明するほうが難しかった。

「おそらくは、告発するまでもないと思いますよ」

妙はため息をつきながら、言った。

「ああいうのは長続きしません。ひとまずは、監視を続けてください。あと、有事《ゆうじ》のときのために医官を手配できるようにしておくことをおすすめします」

「医官だって？」

累紳は解せないとばかりに眉を寄せた。

夢蝶嬪が飲ませているものは、薬ではない。だが、毒でもないはずだ。そう言いたげな累紳に妙は背をむける。

「先に帰っていてください。ちょっと想いだしたことがあるので」

夢蝶嬪の瞳を想いだす。患者を抱き締めていたときも、男の子の頭をなでていたときも、彼女は親身に寄りそう眼差しをしていた。そこに嘘はなかったはずだ。

（一度くらいは忠告しておくか。取りかえしのつかないことにならないうちに）

◇

黄昏に蛍《ほたる》が舞いあがった。

薬を提供する儀式は終わり、患者や信者は潮がひくように帰っていった。長蛇の列ができていた廻廊も人が絶え、風だけが吹き抜けている。

夢蝶嬪の宮は水の庭にかこまれていた。黄緑の星を鏤《ちりば》めて瞬《またた》くみなもは、幻想だけを映しだす嘘つきの鏡を想わせる。水鏡は夏にさきがけて咲きだした睡蓮に縁どられて、ゆらゆらと満ちていた。

九曲橋の中程に建てられた水亭《あずまや》に夢蝶嬪はいた。

「さきほどはどうも」

橋を渡り、妙が声をかけた。夢蝶嬪が緩やかに振りかえる。

「ああ、昼の患者さんですね。どうかなさいましたか」

「夢蝶様にお尋ねしたいことがあったので」

雨のにおいを漂わせた風が吹き、夕焼けは掻き曇る。

「薬水、でしたっけ。ほんとうにあまかったです。たっぷりとお砂糖を入れたみたいに……いつから、こういったことをなさっているんですか」

夢蝶嬪は静かに視線を逸らす。髪を掻きあげてから、彼女はふうと息をついた。

「見破って、おられたのですね。ええ、そうだろうと思っていました。あなただけは、他の御方とは様子が違いましたから」

夢蝶嬪は落ちついていた。

華光の薬水はいんちきだと妙が訴えたところで、信者たちは取りあわないだろう。彼らは夢蝶嬪の奇蹟を妄信しており、夢蝶嬪はそれを理解している。だから慌てる必要も取り繕う必要もない。

加えて、夢蝶嬪には胸を張れるだけの、確かな根拠がある。

「勘違いをなさっているかもしれませんが」

黄昏の風に袖を拡げ、夢蝶嬪は微笑《ほほえ》んでみせた。

「これは人助けなのですよ」

慈愛に満ちた微笑を振りまいて。

「心惑い、思いわずらって、疾患を抱えてしまった哀れな患者たちを助けて差しあげたい。お楽にしてあげたい。私が望むのはただ、それだけです」

「多額の布施を募るのも、宮を豪奢に飾りたてるのも、高価な絹や髪飾りを身につけるのも全部、人助けですか」

ついと、夢蝶嬪がかすかに眉頭をあげた。

自身の髪をつまんでは弄《もてあそ》び、夢蝶嬪は考えこむ。沈黙を経て、彼女はああと声を洩《も》らすと、ひき結んでいた唇を弛めた。

「想いだしました。あなた、後宮の占い師さんですよね」

「……そうですけど」

「たいそう優秀で、心の裏のウラまで看破なさるとか。でも、それだけ有能であらせられるのに、娯楽で立ち寄るものばかりで、信者といえるほどに熱烈なお客様ができないのはなぜか——わかりますか?」

夢蝶嬪は嘲笑するように瞳《め》を弧にする。

「粗末な服を着て、道端でやっているからですよ」

彼女が言わんとしていることは、妙にはわかる。

人は先入観という想いこみで物事を判別するきらいがある。

たとえば、豪奢に飾りたてられた神殿には霊験あらたかな神がいると想いこみ、ぼろぼろの社には祟り神でもいそうな心象を受ける。商品もそうだ。高額なものであるほど、その品に価値があるように感じる。後宮で口紅を販売するのならば、都で販売したときよりも値をあげるべきだと妙が豪商に助言したのも、そうした心理を読んだ商略だった。

とくに薬ならば、客は値が張るほど確かな効能があると感じる。

神聖な宮の、天仙を想わせる妃嬪から渡された高額な薬——心理効果は絶大だ。

「私は現状でも満足してますからね。小遣い……というか、ちょいとうまいものを食べられたら、それで充分です」

「そうですか。強欲なのですね」

互いの視線が衝突する。累紳がこの場にいたら、火花が散るのをみたかもしれない。

「だってそうでしょう？　私利私欲を充たせれば、それでいいなんて、強欲ですわ。あなたには人を導ける才能があるのに」

「強欲、ですか。なるほど、まあ、食欲が旺盛なのは認めますね、にゃはは」

妙は「でも」と続けた。

「赤の他人を導けると想いこむ傲慢さには敵いませんけどね」

夢蝶嬪の瞳が凍りついた。握り締めすぎてひきつれた髪が、軋む。

「傲慢といわれるのは心外ですわね。わたくしは他人様につくしたいと純粋に望んでいるのですよ。一人でも多くの哀れな患者を助けたい――ですから顧客を増やし、必要な御方に薬が渡るよう努めているのです」

「熱心ですね」

欲でないのならば、夢蝶嬪を突き動かすものはなんなのか。

「助けられなかった御方でもいるのですか」

夢蝶嬪がとっさに指を組む。親指を隠して指を組むときは、後ろむきな葛藤《かっとう》を隠している証拠だ。

図星らしかった。

「等しく他人につくすなんてことは、そうそうできるものではありません。人の意識にはかならず、境界線がある。貴方は親しい御方を他人に投映している。だから、献身できる――違いますか」

綿毛のような睫を傾け、夢蝶嬪は唇をほどいた。

「ひとつ、昔話をいたしましょうか。母の、話です」

瞳いっぱいに黄緑の光の群れを映して、彼女は語りだす。現実の風景を映しているようで、その視線は遙かな時のかなたに馳せられていた。

「母は士族の正妻として嫁ぎました。麗しく、教養のある賢女《けんじょ》で傾きかけた御家を建てなおしましたが、父はそんな母を「女のくせに分を弁えず男に恥を掻かせた」と疎《うと》み、愛人を続々と迎えいれて、母を離れに遠ざけました。思いつめるうちに母は御身に不調をきたし、臥《ふ》せるようになりました。眩暈《めまい》や悪心に苛《さいな》まれて、眠ることはおろか、食も喉を通らず。それなのに、医官には異常はないと言われて……」

ぎりぎりまで膨れあがった盆の水がふちを破るように言葉は、あふれ続けた。

「ひどい話です。母はほんとうに苦しんでいたのに、気のせいだなんて！　その話は父の耳にも届き、仮病をつかう浅ましい女だと謗られ、絶望した母は命を絶ちました。始終をみていた私は、幼心ながらに思いました」

振りむいた夢蝶嬪の瞳は、涙で濡れていた。

「かたちのない患いには、かたちのない薬が要るのだと」

だから夢蝶嬪は、薬をもらえない、あるいは薬が効かない患者たちのために薬水というものを作りだしたのだ。

「これでわかっていただけるでしょうか。私は哀れな人たちを助けたいだけなのだと」

彼女の言葉に嘘は、ない。

だが、彼女がしていることは、まるきりの嘘だ。

「それでも、偽薬は偽薬です。貴方は薬の知識もない、ずぶの素人《しろうと》のはず」

薬師、あるいは医師としての知識をそなえて、薬を欲する患者には薬を、偽薬を要する患者には偽薬を、と診断して振り分けているのならば問題はない。だが夢蝶嬪には信念を裏打ちするだけの実績や知識が欠落している。

「貴方は他人を騙している。悪意による嘘だろうと、善意からの嘘であろうと、嘘であるという現実は覆らない。嘘を重ね続けた結果もまた——せっかくですから、ひとつ、神の託宣をお伝えいたします」

妙はあえて、その言葉をつかった。

「貴方はかならず、嘘をついたことを後悔する」

水亭の屋根《やね》でぱつと雫が弾ける。雨だ。

「託宣ですか。ふふっ、ご心配を賜《たまわ》りまして、恐縮です。ですが杞憂ですよ。だってこれは薬ですから」

彼女は結局、最後まで聞く耳を持たなかった。

ただ、ひらひらと微笑むばかり。

「そうですか、……残念です」

妙は諦めて、背をむけた。

想いこみは強い。だが、危険なものでもある。

濡れた風が妙の髪をなでる。疎《まば》らに降りはじめた雨の雫を睨み、傘を持っていなかった妙は慌ただしく帰路についた。

◇

「相変わらず大繁盛だな。はじめてきた時の倍になってないか」

夢蝶嬪の宮に続く列を眺め、累紳がため息をついた。廻廊を埋めつくすどころか、宮のまわりにまで列が続いている。

「後宮にいると、日頃から神経をすり減らしますからね。競ったり、妬《ねた》んだり妬まれたり、ばかにしたりされたり。体調を崩す人もそりゃ多かろうですよ」

入梅《にゅうばい》をすぎてからは、ときどき雲から日が差す程度で雨続きだった。

雨のときは薬水も作れないため、久しぶりの晴天に夢蝶嬪を訪《おとな》う患者が殺到している。

調査にきたときからは約十五日が経ち、累紳はそのあとも度々視察にきていたというが、妙はあれきりだった。

「ほんとに私も一緒じゃないとだめですか」

夢蝶嬪に喧嘩《けんか》を吹っかけておいて、患者のフリして再訪するには、かなりの胆力が要る。

「それは喧嘩した側の責任だ。俺には関係ないな」

「うう、薬はもらいませんからね！」

「わかったわかった、帰りに揚げ鶏を食わせてやるから」

「う、毎度それに乗ると思ったら」

「乗ってくれないのか」

「……乗りますけど」

揚げ鶏に惹かれたのは事実だが、夢蝶嬪のことも気にかかってはいた。

彼女は非常に危うい。人助けという言葉を盾に嘘を正当化しているからだ。

そのときだった。

「……星辰《シンチエン》？」

混雑のなかに知人を見かけたらしく、累紳が袖を振る。相手も宦官に扮していた累紳に気づいたようだ。人混みを離れて近寄ってきた。

幼い少年だ。十三歳ほどだろうか。

痩《や》せすぎといってもいいほどに華奢で、夏だというのに、厚い織の服に外掛を重ねていた。瞳は累紳とそろいの黄金だ。黄金の瞳は帝族の証なのだとか。

星辰と呼ばれた少年は礼儀ただしく頭をさげる。

「哥様《あにさま》、お久しぶりでございます」

累紳を哥《あに》と呼ぶということは、第三皇子の命星辰《ミンシンチエン》か。妾腹《しょうふく》であることに加え、まだ幼く、都では話題にあがることもなかったが、第三皇子がいることだけは妙も知っていた。

「星辰、なんでこんなところにいるんだ」

「母様に連れられて。哥様こそ、お具合がよろしくないのですか？」

「いや、俺は調査があってな」

星辰は累紳が官服を着ている訳にも察しがついたのか、左様でしたかと苦笑した。

「おまえこそ、また体調を崩しているのか」

「変わらずです。ご典医《てんい》からは、産まれついてのものなので落ちつく時期はあってもよくなることはないだろうと。ただ、母様は納得できないご様子で……この頃はとくに」

星辰は言葉を濁す。

妙は後ろに控えていたが、星辰がふと妙に視線をむけ、瞳を輝かせた。

「哥様、ついに女官を迎えられたのですか。よかったです。おひとりではなにかとご不便だろうと案じておりましたので」

「いや、彼女は俺の女官ではないよ。もっと、たいせつなひとだ」

「え……あ」

どう受け取ったのか、星辰が頬を紅潮させた。

「たっ、たいへん失礼いたしました」

第三皇子に頭をさげられ、妙がひぇっと後ろにさがる。

「易妙《イーミャオ》です。累紳様にはごちそうに……ええっと、お世話になっています」

「妙姐様《ミャオあねさま》ですね。ぼくは命星辰と申します。よろしくお願いいたします。……でも安堵《あんど》いたしました。哥様に信頼のおける御方ができて。ぼくはとても嬉しいです」

星辰は屈託《くったく》なく微笑んだ。

愛想笑いではなく、心から累紳を慕《した》っているのが感じられる。

累紳もまた、星辰を可愛がっている様子だ。第一皇子と第三皇子というと、ばちばちに競いあっているものだと想像していたので、妙は意外に思った。まあ、哥弟仲《きょうだいなか》がよいに越したことはない。

それにしても、と妙は星辰の手に視線を投げた。房のついた袖からときどき覗く指のかたちをみれば、彼が健全でないことはあきらかだった。

「失礼ですが……星辰様はお胸がお悪いのですか」

妙が尋ねると、星辰は瞳を見張る。

「なぜ、おわかりに？　医官に診ていただいても、なかなかわからなかったのに」

「ええっと、そうですね」

さすがに神が憑いているので、というのは胡散臭《うさんくさ》すぎる。

「指のかたちをみれば、わかります」

星辰は痩せていたが、指先だけが異様なまるみを帯びていた。琵琶《びわ》のばちのかたちだ。

「これは心臓に疾患を抱えておられる御方にみられる指です」

「すごい。医官様みたいですね」

「そんなたいしたものじゃないですよ」

妙に医の心得はない。あるのは観察眼だけだ。

（あとは、経験かな。知りあいに心臓を病んでいる叔叔《おっさん》がいたから）

累紳が感心したようにこちらをみている。

「星辰、捜しましたよ。なにをしていたのですか」

身分の高そうな妃がやってきた。紺碧《こんぺき》の絹に袖を通し、瑠璃《るり》の耳飾りをつけている。着飾りすぎていないからこそ気品を漂わせていた。背後には女官をふたり連れている。

「母様、すみません、哥様がおられたのでご挨拶を、と」

妃はあらためて累紳の格好をみて、露骨に眉をひそめた。

「畏《おそ》れながら累紳皇子《レイシエンおうじ》——お忍びであっても、宦官の服を身につけるのは控えたほうがよろしいかと。帝族の品格がさがります」

男の物を切除された宦官は侮蔑の対象だ。家畜にも劣る扱いをうけることもある。帝族である累紳が宦官に扮しているというのが、妃には辛抱ならない様子だ。

「これは、貴方様だけの恥ではないのですよ」

「彗妃《フェイひ》、貴女には……いや、星辰には迷惑をかけないさ。むしろ、第一皇子の放蕩ぶりが噂になったほうが、第三皇子の優秀さが際だつんじゃないか」

間に挿まれた星辰が戸惑い、哀しそうに累紳をみている。

妃はため息をつき、頭を振った。

「申し訳のないことですが、順番が参りましたので、これにて失礼いたします」

彗妃は星辰を連れて、踵《きびす》をかえす。振りかえりつつ、星辰が忍びなげに頭をさげた。

「なんというか、その」

「嫌われている、だろう」

累紳が微苦笑した。

「心理が読めなくとも、それくらいはわかるさ」

哥弟に確執はなくとも、その親には様々な思惑があるのか。妙には縁遠いが、宮廷の闇を覗いたような気分になった。

「星辰は自慢の弟だよ。彼は十歳のときには科挙に受かった」

「え、えぇぇえっ、天才じゃないですか」

「そう、天才なんだよ、星辰は」

累紳が微笑ましげに眦を緩める。

「しかも、心根も浄い。穏便派《ハト》は彼を新たな皇帝に、と望み、支持しているが、幼少期から病弱でな。臥せってばかりいる。こんなところに頼るくらいだ。彼が健全であれば、とまわりから言われて、妃もそうとうに焦っているだろうな。……さ、俺たちもいくか」

妙と累紳も殿舎にむかう。なかは信者に埋めつくされていた。いるだけで、熱気を感じるほどだ。水の調べも、患者たちの喧騒に埋もれている。

女官を連れて現れた夢蝶嬪は華やかに微笑んではいるが、瞬きが異常に増え、神経をすり減らしているように妙には感じられた。

噂が拡散するほど、夢蝶嬪に助けをもとめる患者は増加している。だが、その結果、想いこみの薬で改善する患者ばかりではなくなってきた。花鈴妃の御子もそうだが、段々と夢蝶嬪の手には負えなくなってきているのではないかと妙は推察する。

最初に祭壇に呼ばれたのは彗妃と星辰だった。

「お布施です、お納めください」

祭壇にあがった彗妃は、夢蝶嬪に箱を渡す。なかを確かめた夢蝶嬪が驚愕する。箱にはあふれんばかりの金銀、珊瑚や真珠、瑠璃や翡翠、瑪瑙などが収められていた。

「こ、これは」

「信仰の証です。かならず、息子を助けてください」

夢蝶嬪は唾をのむ。無意識に髪に触れ、指にぎゅっと絡める。あれはこまったときの彼女の癖だった。

彼女の頭のなかでは秤があがったりさがったりしているはずだ。第三皇子の疾患を治癒し、助けたとなれば、どれほどの名声を得られるだろうか。だが、ほんとうにできるのか。できなかったら詐欺に問われるのではないか。

祭壇に向けられた信者たちの眼は痛いほどの期待に満ちている。かならず第三皇子は救われる、夢蝶嬪が救ってくださると語る信者たちの声が聞こえた。ここで無理だと布施を拒絶したら、信者たちはどう思うだろう――夢蝶嬪の思考が、妙には手に取るように読めた。

天秤が、かつんと傾いた。

「――もちろんですとも」

夢蝶嬪が胸を張って、微笑む。

「華光の薬水に治せない病などございません」

ああ、また、嘘を重ねるのか。……疑いもせずに。

妙が失望に瞳を濁らせた。

「華光の神を信じ、御心を静かに薬を享けてください。信仰心に報いるべく、この度は特別な妙薬――黄金《こがね》の薬水をお分けいたしましょう」

夢蝶嬪は嘘に嘘を飾りつけて、華光の薬水に絶大な薬能があるものだと患者に想いこませている。だが、今は他ならぬ彼女が、これは薬なのだと想いこんでいる。それはとても危険なことだ。嘘をついている側が嘘と真実とを錯誤すれば、そこには過信が産まれる。できもしないことを、できると想いこんでしまうのだ。

夢蝶嬪が杯を満たす。透きとおっていた急須の水が、杯に移されたと同時に、琥珀のような黄金に輝きだした。観衆が歓声を洩らす。

「……あれはどうやったんだ」

累紲が声を落として、妙に尋ねてきた。まわりが騒がしいので、喋っていても聞きとがめられることはないと判断し、妙もその場で答える。

「あの急須、注ぎ口にも彫刻があるじゃないですか。光が屈折して、周囲の風景が映るので、なにかが仕掛けてあってもバレにくい。水に溶けやすい軟膏《なんこう》のような練り物がつけてあって、通り抜けるときに混ざるようにしてあるんじゃないですかね」

ふたりが喋っているうちに星辰は、水を飲みほした。

「いかがでしたか。甘かったでしょう。効能がある証拠ですよ。かならず、ご健康になられますから、ご安心くださいね」

星辰が頷きかけたのが早いか。

「っ……う」

胸を押さえて、星辰が苦しみだした。

「星辰、どうしたのですか、星辰！」

「母様……くるし、」

青ざめた彗妃は星辰の肩に触れ、懸命に声をかける。星辰は椅子にもたれかかり、腕や脚をひきつらせて、押し殺した悲鳴を洩《も》らした。

「毒か！」

累紲が叫ぶ。

信者を含めた患者たちは第三皇子の尋常《じんじょう》ならざる様子に恐慌し、逃げだそうとするものもいた。累紳は混乱する人の群れを掻き分け、祭壇にむかう。妙も累紳に続いた。

「星辰になにを飲ませたのですか！」

彗妃は声を荒らげ、夢蝶嬪を糾弾《きゅうだん》する。夢蝶嬪は訳もわからずにうろたえるばかりだ。

「違います……わ、私はただ、薬を……」

「薬と偽って毒をのませ、第三皇子を暗殺する魂胆だったのですね！　皇帝陛下のときと同じように……」

「お、お許しください！　そのようなつもりは！　だ、だって、これは……」

夢蝶嬪はわなわなと震えだす。

「星辰！」

祭壇にたどりついた累紳はすぐさま星辰にかけ寄った。強張った手を握り締め、累紳は星辰に呼びかける。

「星辰！　星辰！　俺だ、わかるか」

「哥、様……？」

星辰は意識が混濁している様子だ。呼吸は荒く、ときどき噎《む》せこむように喉をはねさせた。脈が飛んでいるせいだろう。ひきつれた腕は麻痺して動かず、累紳の指を握りかえすこともなかった。

星辰のことは累紳にまかせて、妙は杯を覗きこむ。星辰がわずかに飲み残していた薬水があったので、妙はためらわずにそれを舐めた。

「ばか、なにしてるんだ！」

累紳が妙を叱咤《しった》し、袖をつかんだ。

「毒かもしれないんだぞ！」

毒、か。彗妃は、皇帝陛下のときと同様だと言った。

皇帝陛下は昨春に崩御《ほうぎょ》した。急逝《きゅうせい》だったため、都では様々な噂が飛びかった。そのなかには、陛下が毒殺されたのではないか、という不穏な噂もあった。だが、後宮においては、それはただの噂ではないのだ。

累紳も、彗妃も、毒殺という危険を身近に感じている。

夢蝶嬪が毒を入れることはないだろうが、宮の女官などの第三者が第三皇子を暗殺せんとして毒を混入させることもできるかもしれない。だが、これはそうではない。妙は冷静に味を確かめ、言った。

「これ、甘草《カンゾウ》です」

「甘草だって？　漢方薬に入っているあの甘草か？」

甘草は砂糖の百五十倍もの甘味を呈する。そのため、苦くて飲みにくい漢方薬の味を調えるために配合される。言うまでもなく無害だ——だが妙は続けた。

「だからやばいんですよ。星辰様は心臓を病んでおられます。甘草は心臓に疾患を抱えた患者にたいしては毒になります」

都で働いていたとき、不整脈を患っていた金貸しの叔叔《おっさん》がいた。彼は四十路だったが、若い妻を娶《めと》って、ご満悦《まんえつ》だった。彼の大好物は愛妻のこしらえた甘草杏《あんずのあまに》で、毎日食べ続けているうちにぽっくり死んだ。

（妻はその後は遺産だけもらって、すぐに再婚したんだっけ。また心房の疾患を持った富豪と。んで、また死んだ。あれ、ほぼ毒殺だったよなぁ）

妙が累紳に呼びかける。

「すぐに医官を」

「わかった」

累紳が医官を呼びにいく。妙はとにかく星辰をなでさすり、声をかける。

「だいじょうぶですから。落ちついて呼吸をしてください。すぐ楽になりますからね」

星辰はほとんど意識を失いかけていた。これはきわめて危険な状態だ。気絶したら最期、星辰の命の火はつきるだろう。

背後では彗妃が激昂して、叫び続けていた。

「万が一にでも、星辰が命を落とすようなことになれば、貴女を族誅《ぞくちゅう》します。第三皇子の命を危険にさらしたのですよ。ええ、許せるものですか！」

怒りはわかる。だが、今まさに息子が生死の境をさまよっているというのに、なぜ、側にいてやらないのか。

妙は苛《いら》だち、たまらずに割りこむ。

「彗様！　今、言い争って、どうなるんですか！」

彗妃が息を荒らげて振りかえる。

「女官如きが私に指図をするつもりですか！　この女が第三皇子を暗殺しようとしたのですよ、なぜ、捕吏《ほり》がこないの！　捕らえて、然るべき処罰を――」

妙は辛抱たまらずに彗妃の頬を張った。怒鳴り散らしていた彗妃が息をのむ。

「なんで、わからないんですか！　第三皇子だとか、処罰だとか！　そんなことは、どうだっていいんですよ！　星辰様を抱き締めて、お声をかけてあげてくださいよ！　あんた、母親でしょうが！」

彗妃が戸惑い、瞳を揺らす。

沈黙は、一瞬だった。彼女は弾かれたように星辰のもとにかけだした。ばち指の幼い手を握り締める。

「星辰、星辰！」

「母、様……そこにおられる、のですか」

星辰がかすかに瞼をあげ、かすれた声を洩らす。意識が戻ってきたのだ。

「ええ、ええ、母はここにおります」

我が子に語りかける母親の瞳から、熱い雫がこぼれた。

「母を残して、逝かないで……」

彗妃は懸命に星辰を抱き締める。すると次第に星辰は落ちついてきた。脚や腕の強張りが解け、呼吸が緩やかになる。

妙は安堵した。星辰はきっと助かる。

(――――これが心理です)

声にはせず、妙はかすかに唇だけを動かした。

高額な薬には確かに心理効果がある。

だが、嘘は嘘だ。本物には敵わない。

ならば、本物とはなにか。

それは愛する者の声、家族の愛、誰かを思いやる人の暖かさだ。

累紳があらかじめ連絡を取っていたのか、ほどなくして医官がかけつけた。星辰が運ばれていく。彗妃は星辰に寄りそい、最後まで声をかけ続けていた。

一部始終をみていた夢蝶嬪がぎりっと指をかむ。絶望するように。

(ああ、そうか、夢蝶嬪がほんとうに望んでいたのは)

妙は夢蝶の心《ウラ》を理解したが、いまとなってはかけられる言葉もなく、官吏に連行されていく蝶の項垂《うなだ》れた背を、見送るほかになかった。

◇

星辰は一命を取りとめた。

翌夕になって、妙に逢いにきた累紳は口を開くなり、感謝の言葉を述べた。

「下肢動脈を損傷《そんしょう》して脚にはひどい痕《あと》が残ったが……大事には到らなかった。医官いわく気絶していたら、危なかったそうだ。あんたが星辰に声をかけ続けてくれたおかげだよ」

妙は頭を振る。

「声をかけ続けていたのは私ではなく、彗様ですよ」

「彗妃が？」

累紳が眉を寄せた。よほどに意外だったらしい。

「彗妃は星辰を皇帝にすることだけを考えていて、母親らしいところはみたことがなかったが……そうか、彗妃が星辰のことを」

累紳は嬉しそうに顔を綻《ほころ》ばせる。だが、なぜか、その眼に一瞬だけ、孤独感のようなものがよぎったようで――妙は瞬きをする。

(気のせいか？)

累紳の心理は読み取りにくい。

彼は実際の感情とちぐはぐな動作をするきらいがある。たとえば、「毒だ」と言ったときも彼は指を拡げていた。大事なひとに危険がせまったとき、人は強く緊張して、指を握りこむものだ。だが、あのとき累紳が動じていなかったとも思えない。

「それはそうと、私、彗様の頬っぺたをひっぱたいちゃったんですけど。よくよく考えたら、やばいですよね」

累紳が信じられないとばかりに瞳を見張る。

「はたいたのか？　あんたが？」

「や、やっぱり、怒られますよね」

妙が青ざめたが、累紳は笑いだした。

「ははは、それは……ふっ、はは、いや、いいんじゃないか。あとになって捕吏がくるなんてことはないだろうさ」

「げ、……そ、そうでしょうか」

「あんたが不敬罪で捕まったら、第一皇子の権威やら賄賂《わいろ》やらで、なんとかしてやるよ」

「なにそれ、こわい」

まあ、彗妃が怒っていたら、妙はすでに牢屋《ろうや》いきになっていることだろう。

牢屋といえば。

「夢蝶様はどうなりましたか」

彼女の罪は死刑になりかねないものだった。

「後宮の追放処分になるそうだ。死刑になる可能性もあったんだが、彼女に助けられた患者たちが官吏に訴えて、減刑された」

「そう、ですか」

妙はあらためて、夢蝶のことを想う。

「夢蝶様は「これは人助けだ」と言い張っていましたが——たぶん、彼女はまわりに肯定されたかったんだと思います」

　無欲なんてそれこそが嘘だ。

　彼女は承認欲に溺れていた。嘘をつくことにためらいがなく、みずからのついた嘘を疑わないところからも、誰かに認められたいという欲望が透けていた。

「誰もが持っているありふれた欲望だな」

「そうですね。でも、彼女が他と違ったのは切実さです」

「切実さ、か」

「彼女から母親の話を聞いたことがあるのですが、冷遇されていた母親を終始、遠くからみているようなかんじで、母親が幼かった彼女にどのように接していたかとか、そういう話が抜けていたんですよね。推察ですが、彼女は母親から無視されていたんじゃないかと」

「話を端折《はしょ》っただけかもしれない」

「そうですね。でも、彼女には、自身の髪に触れる癖がありました。よくある癖ですが、髪がひきつれるまで指に絡めたり、しきりに触れ続けるというのは幼少期に充分な愛情を受けられなかった人にみられます」

　髪に触れる、触れられると心地よく、また安心感が得られる。だが、幼い頃から安心感を充分に与えられずに育つと、無意識に自分で自分に安心感をもたらそうとして、次第にそれが癖になる。

「それに彼女は、星辰様を抱き締める彗様をみて……絶望していました」

あれは、みずからの浅慮《せんりよ》を悔やむものでも、他人の命をおびやかしてしまったことにたいする絶望でもなかった。助けてあげたいと思っていた哀れな患者が、最も彼女の欲しかったものをすでに持っていたのをみて、彼女は絶望したのだ。

「幼かった夢蝶様は愛されなかったのは母親を助けられなかったせいだと想いこみ、誰かを助ければ、愛され、認められると考えた――だから嘘に嘘を重ねてあんな結果に」

「そう、か」

累紳は視線をふせ、なにを思ったのか、妙に尋ねてきた。

「……あんたは、彼女を哀れに思ったか？」

「哀れ、ですか。とくにそうは思いませんでしたね」

罪のウラに恵まれない境遇があり、充《み》たされない愛の飢《う》えがあったのは事実だ。

だが、だからといって、嘘をついていいわけではなく。

「そもそも、私は哀れみってきらいなんですよね。誰かを哀れだと思う心理のウラには優越感があるんです。ほかにも、哀れみをかけることで善人だと思われたいという打算があったり――夢蝶様がまさにその典型でした」

彼女は度々、哀れな患者、と言っていた。

「だから、私は彼女を哀れだとは思いません。……なぜ、踏みとどまってくれなかったのか、残念ではありますが」

そこまで言ってから、妙がへらりと笑った。

「まあ、私だって親に捨てられてますからね。誰かに哀れみをもてるほど、いいご身分じゃないといいますか」

　累紳が不意に腕を伸ばしてきた。なにも言わずに妙の髪を梳き、頬をするりとなでる。壊れものを扱うように彼はそっと指を動かす。

「な、なんですか」

「……なんでもない」

　星を想わせる累紳の瞳には愛しむような、穏やかな光が燈っていた。ずるいくらいに綺麗に微笑むからなぜか胸が締めつけられる。頬に触れていた手を離してから、累紳は話を変える。

「そうそう、この事件を受けて、後宮で新たな規則を設けることになった。金銭だけではなく、物品の報酬《ほうしゅう》を受領するのも禁ずる、という法律だ。法の抜け道は塞《ふさ》いでおいたほうがいいということになってな」

「え、ええっ、じゃあ、私も商売ができなくなっちゃうじゃないですか！」

　それはこまる。とてもこまる。

　だが累紳はおおらかに笑った。

「あんたは第一皇子お抱えの占い師だろう。申請しておいてやるから、今後も腕を振るってくれ」

「えぇ、なんかそれもいやなんですけど」

そもそも、第一皇子つきの占い師が道端で香具師《こうぐし》まがいのことをしていたら、累紳の恥になるだろうに。

「累紳様って恥とかないんですか。商談のときもそうでしたけど……ああ、でもあのときは、私がずぶ濡れだったせいで他の妃嬪を誘う暇がなくなっちゃったんですよね。それはそれで申し訳ないですけど」

「ん？　ああ、あのときか。いや、あれはもともと、あんたを捜してたんだよ」

想像だにしていなかった言葉に妙が瞳をまるくする。累紳はあっけらかんと続けた。

「妃嬪から選んだりしたら、なにかと誤解されたり喧嘩になったりして、面倒だろう」

あらかじめ彼女の振りをしてくれと頼んでいたとしても、のちのち騒動になりかねない。なにせ、累紳はモテるのだ。

「確かにやっかいなことになるのが想像つきますね」

「だから、あんたが最適だったんだよ。それにあんたと一緒だと、……気持ちが楽だ」

最後の言葉には、奇妙な重みがあった。

妙には帝族として産まれた皇子の苦衷など理解できない。だが恵まれて満ちたりて、育ってきたわけではないだろう。飢えることはなくとも、絶えず毒殺の危険がある環境だ。権力や富を奪いあう者たちの諍《いさか》いに巻きこまれ、神経をすり減らしてきたはずだ。

だからなのか、彼はときどき、空虚な眼差しをする。なにもかもを諦めているような。

それが妙の胸に風を吹きこませる。

「さてと」

累紳が憂《うれ》いを振り払うように明るい声をだす。

「約束どおり、揚げ鶏でも食いにいくか」

「わあっ、忘れてなかったんですね！」

妙もまた、彼にあわせて憂いを絶つ。

「できたばかりの揚げ鶏屋があって、めっちゃおいしそうなにおいが漂ってくるんですよ。高級すぎて、いつも通りがかりに覗いてるだけなんですけど」

「わかったわかった。好きなだけ頼んでくれ」

大蔵省である累紳を連れて、妙は大通りにある揚げ鶏屋にむかった。

さすがは専門店だ。揚げ鶏だけでも十種はある。妙がどれを選ぶべきかと真剣に頭を抱えていると、累紳が全種の盛りあわせを頼んでくれた。

どどんと揚げ鶏が運ばれてきた。鶏ももをまるごと揚げたものから、香味のたれにつけこんだもの、塩麹《しおこうじ》のから揚げまである。

まずは、まるごと揚げ鶏にかじりついた。

カリッ――

心地いい食感が弾け、滴るほどの脂があふれだした。かみ締めれば、弾力のある鶏から旨みがじわっと拡がる。

「くうぅ、熱々ですよ、最高ですよ！」

妙が幸せそうに笑みをあふれさせる。

「大蒜生抽《にんにくしょうゆ》だれがまた、たまらんですねぇ」

「それはよかった」

累紳は箸《はし》には触れず、妙がうまそうに唐揚げを頬張るのを穏やかな眼差しで眺めている。

そういえば、累紳が嬉しそうに食事をしているところは、みたことがなかった。商談のときは豪商につきあって杯を傾けていたが、その程度だ。

「累紳様は食べないんですか？」

「ああ、……まあな」

累紳が黙って、脚を組みかえた。あれは落ちつかないという証《あかし》だ。つまり、妙に指摘されたことが気まずかったのだ。めったに感情の振り幅を表すことのない累紳がこうもあからさまに心境を表すとはよほどに隠したいことがあるのか。

「別にいいですよ。無理に聞きだそうとは思っていませんから」

「……味が、わからないんだよ」

累紳がぽつとこぼした。

「なにを食べても、うまいと感じない。だから、食事は苦手だ」

妙は絶句しかけて、なんとか声をしぼりだす。

「で、でも、薬水の違いはわかったじゃないですか」

「甘いか、甘くないか、くらいはわかるさ。だが、それだけだ」

食が喜びではない。それは食べることを最大の娯楽とする妙からすれば、想像するのも苦痛なほどの絶望だ。

「医官に診てもらったことは？」

「舌には異常はないと」

食とは命を維持するために必要なものだ。うまいものを食べて、腹を満たす――それは本能から湧きだす歓喜だ。

食の幸福感は、みずからの命にたいする肯定にもつながるものだと、妙は考えている。

食を拒絶するとは、命を拒絶することだ。

妙は心理を紐解き、ひそかに息をのむ。

だとすれば、累紳には、みずからの命にたいする拒絶感――があるのではないか。それが、ときどき累紳が覗かせる空虚とも結びついているのだろうか。

「だから、あんたがうまそうに食べているのをみると……なんだろうな、楽しい。味がするような気分になれる」

累紳はそう言って、満ちたりたような喜びを頬に浮かべた。

結局、累紳は妙が揚げ鶏を食べ終わるまで、嬉しそうに眺めていた。

食べている姿をみられているのは変なかんじだが、累紳の眼差しはやわらかく、妙は奇妙な心地よさを感じた。腹だけではなく、胸のなかまで幸せでいっぱいになるような。

この想いがなんなのか、心理を知りつくした妙にもわからなかった。

◇

雨は、商売における最大の敵だ。

とくに道端で筵《むしろ》を敷いてやるような商売では、雨が降ってしまっては客もこない。さっきまでは晴れていたのになと、妙は唇を尖らせながら筵をまるめた。帰り支度を調えたところで不意に声をかけられる。

「あの」

ひとつの傘に身を寄せた母親と息子がたたずんでいた。その顔には見覚えがある。

「わわっ、花鈴様ではありませんか」

妙は慌てて袖を揚げて頭をさげる。

花鈴妃は豪商の妹であり、依頼の発端となった御子の母親だ。

彼女の側らには男の子がいた。夢蝶嬪の宮で見かけたときは、肩を跳ねさせたり鼻を歪めたりと、異様な運動を繰りかえしていたが、今は穏やかだ。

「噂を尋ねて参りました。貴女にお逢い、したくて」

はて、高貴な御方に捜されるようなことをしただろうか。

「度胸のある小姐《おじょう》さんですね。彗妃の頬をはたくなんて」

「はっ……あ、あれは、ですね」

言い訳を考えようとあせっていると、花鈴妃はふふっと微笑んだ。

「感服したのですよ。貴女の強さに」

「へ」

想像だにしなかったことを言われ、妙が唖然となる。

「貴女に叱咤《しった》された彗妃が星辰皇子を抱き締めたら、段々と発作が落ちついていきましたよね。それをみて、ふと思ったのです。私が最後に、息子を抱き締めたのはいつだっただろうかと」

花鈴妃はしゃがんで、幼い息子と目線をあわせた。五歳になったばかりの彼はまだまだ背も低く、頼りない。それでも、母親を慕う眼差しは強く、純真な輝きがあった。

「想いかえせば、私は彼を叱ってばかりでした。勉強を怠れば、叱り。成績があがっても、褒めてあまやかしてはいけないと思って、また叱り――彼を優秀な官僚に育てることだけが、母親となったわたくしの務めであると。彼のためを思って、突きはなしていたつもりでしたが、……辛い思いをさせただけでした」

花鈴妃は喋りながら、小さな頭をなでる。

「帰ってから、息子を抱き締めました。そうしたら、彼は嬉しそうに笑って……あの、異様な震えがとまったんです」

彼女の眼差しはこれまでとは違い、穏やかで、母親の愛に満ちている。

「あれは、彼の心が助けをもとめていた証拠だったかもしれません。気づけたのは貴女のおかげです」

「私はなにもしておりませんが……でも、よかったです」

落ちつきを取りもどした彼をみて、妙は微笑んだ。

「心というのはウラにあって瞳には映らないものですから、疎かにしてしまいがちですが、ほんとうは表も裏もひとつです」

華の後宮なんて、嘘だった。

雅やかに飾りつけられているだけで、その裏は都の路地裏と大差がない。競い、足掻いて、幸せに食らいつき、命をすり減らしている。

福が三割、禍が七割の世知辛い時勢のなかで。

「どうか、おふたりに福がありますように」

花鈴親子は嬉しそうに頭をさげ、遠ざかっていった。

妙はふと考える。

累紳の母親はどんなひとだったのか。彼は愛されていたのか。それとも――

(ああ、なに、考えてるんだか)

考えたところでどうなるのか。かといって、そんなところにまで踏みこむような関係ではないはずだと思考を振りきる。

(というか、そもそも、この関係ってなんなんだろう)

皇子と女官という身分差からは想像もつかないほどに親しく、だからといって、恋愛関係ではない。相棒というのも微妙だし、友達かといわれたら首をひねる。逢ったら逢ったで事件やらを持ちこまれるのに、逢えないときにかぎって、想いだしてしまう。今だってそうだ。

(傘、持ってるかな)

そんなどうでもいいことを考えて、妙はひとつ、ため息をついた。

◇

女官の仕事は、結構な重労働だ。

炊事やら掃除やらで朝から晩まで慌ただしく、妃妾のわがままに振りまわされることもしょっちゅうだ。今朝も妃妾がものぐさがって何カ月も洗濯物をためていたらしく、洗濯の量が突如、五倍に膨れあがった。

(朝から洗濯、洗濯、洗濯……いつになれば、終わるのか。ああ、腕が痺《しび》れてきた……)

妙と一緒に洗濯係にまわされた先輩女官も、かれこれ三時間は洗濯板で襦裙やら敷布《しきふ》やらをこすり続けていた。いつもだったら、これだけやっても給与があがらないだの、お偉い様はどれだけ服を持っているのかだのと喚きだす頃だが、やけにおとなしい。鼻歌まじりに洗濯を続けている。

「なにか、いいことありました？」

「ふふ、わかっちゃう？　ね、みてちょうだい、いつもと違うと想わない？」

「え、……そうですね」

先輩女官に尋ねられて、妙が考える。

髪はいつも通りに結いあげられているし、服も女官の制服だ。かわうそに似た顔だちにも変わりはないが。

強《し》いて言うならば、真っ赤な唇が異様に際だっている。

「口紅、替えました？」

「あ、やっぱりわかっちゃうんだ！　予約していた口紅が入荷したの！　ほら、見かけたことがあるでしょ？　累紳様に瓜ふたつの掛け軸《ポスター》で宣伝してるあの口紅よ！」

見かけたことがあるどころか、その掛け軸を企画したのが妙だ。知るよしもない先輩女官は熱にでもうかされたように瞳をとろけさせている。

「累紳様、格好いいよねぇ……私の最推しなの」

「このあいだまでは、第二皇子の……なんでしたっけ、錦珠《ジンジュ》様が最推しとか言ってませんでしたっけ」

「錦珠様も素敵よ。花魄《かはく》みたいにお綺麗で……でも、男らしさでいえば、やっぱり累紳様かなって」

男に花魄かと妙が苦笑する。花魄といえば、花に宿る女神のことだ。

（これは累紳様と知りあいなことはバレないほうがよさそうだな）

「そういえば、累紳様が女官と一緒におられるところを見かけた同僚がいたんだけど」

妙はびくうっと肩を跳ねあげた。

「わ、私じゃないですよ⁉」

先輩女官は「そんなのわかってるって」と笑った。

「累紳様だって女は選ぶでしょ。というか、実際、よりどりみどりだし」

「ですよねぇ」

雑談をしているうちに洗濯が全部終わった。息をついたところで命婦がやってきた。

「終わったんだったら、今度はおつかいだよ。後宮の北にある布屋にいって、品物を受け取っておいで」

「ええ、いまからですか……」

先輩女官が辟易《へきえき》して肩を落としたが、命婦は命令だけして、さっさといってしまった。女官は命婦には逆らえない。

荷車をひき、ふたりして布屋にむかった。

帰りがけに雨が降りだす。

「あちゃあ、ついてないね……洗濯もの、誰かが取りこんでくれたかな」

預かった布が濡れないよう、菰《こも》をかぶせたところで、後ろから声をかけられた。

「ねえ、ちょっといいかな」

振りかえれば、銀の髪をした麗人《れいじん》がたたずんでいた。

結いあげた髪に挿した歩揺《ほよう》が星のように瞬いている。眼を疑うような美貌《びぼう》に加えて、細身で華奢なので、妃嬪かとも思ったが、男物の服をみてそうではないと理解する。果敢《はか》なげで、花魄を想わせる風姿だ。

（ん、花魄……？　ついさっき、聞いたような）

「えっ、えっ、錦珠様⁉」

先輩女官が縮みあがった。第二皇子である命錦珠《ミンジンジュ》は雨のなかで跪《ひざまず》こうとする先輩女官の腕を取る。

「どうか、そんなふうに畏まらず」

微笑む錦珠の背後で幾百幾千の花が咲き誇る――現実にはそんなことはないのだが、先輩の瞳には後光が映ったに違いなかった。

「で、ですが」

「妃嬪たちが後宮で穏やかに暮らせるのは、君のような女官が誠実に働いてくれているからだ。だから、僕たちも心おきなく後宮に渡ることができる。ほんとうにありがとう」

「と、とんでもないことでございます」

慈愛に満ちた言葉をかけられ、先輩は今にも気絶しそうになっている。

錦珠は先輩女官に語りかけながら、後ろにいた妙にちらりと視線を投げてきた。累紳と似た黄金だが、燃えるような累紳の眸と違い、錦珠の瞳は熱がなく静かだ。

「彼女が易妙かな」

「左様ですが……」

先輩が瞬きを繰りかえす。

「ちょっとばかり、易妙に尋ねたいことがあってね。悪いのだけれど、君は先にいってもらえるかな。すぐに帰すから」

第二皇子がただの女官に話があるとは考えにくい。妙はいやな予感がして、とっさに先輩の背に隠れた。

「あ、あの、た、たいへん申し訳ないんですが……」

妙は丁重にお断わりしようとしたが。

「妙にですか？　どうぞどうぞ」と先輩はかんたんに妙を渡してしまった。最悪だ。

先輩女官が遠くなってから、妙はおそるおそる錦珠の様子を覗いながら尋ねる。

「……第二皇子様がいかなるご用でしょうか、私はそのぉ、ただの女官でして」

「ただの女官か。ふふ、違うよね。占い師さん、でしょう？」

錦珠は房つきの傘を廻しながら続けた。きらきらと星が舞う。

「このところ、後宮を騒がせていた物騒な事件は、君が解決したとか。神の託宣――だったかな。宮廷巫官《きゅうていふかん》にも君ほどに優秀な神通者はいないよ」

彼は妙の腕を取り、指先に接吻を落とす。

「どんな占い師かと思っていたけれど、こんなに可愛らしい姑娘さんだったなんてね」

先輩女官だったら頬に桃の花でも咲かせて卒倒しているところだが、妙はただただ、顔をひきつらせた。

（ここの皇子様連中って、距離感がバグってません？）

錦珠は瞳を輝かせながら、語りかけてきた。

「ねえ、易妙。僕の専属占い師になってくれないかな？」

「へ⁉」

おおよそ皇子様に聞かせてはならない、素《す》っ頓狂《とんきょう》な声がでた。

「おいしいものが好きなんでしょう？　僕のお抱え占い師になってくれたら、宮廷に迎えて、毎日好きなものを振る舞ってあげるよ」

宮廷の食事を食べ放題……妙は思わず、涎をのむ。なんという甘美な誘惑だろうか。

だが、累紳のことが頭をよぎった。

契約はなく、縛られているわけでもない。彼との関係と一緒で、かたちのないものだ。

それでも、妙は第一皇子つきの占い師だった。

「申し訳ございません、私は」

そう言いかけたところで、後ろから抱き寄せられた。

紅の髪が視界に拡がる。

「俺の占い師がどうかしたか、錦珠」

累紳が嗤《わら》う。だが、瞳はわずかも好意を表していない。

「やあ、哥上《あにうえ》」

それは、錦珠も同様だった。

錦珠がまとっていた真綿のような情調が、崩れた。愛想笑いだけを張りつけ、錦珠は凍てついた眼差しで憎々しげに累紳を睨みつける。

累紳と星辰の関係とは逆だ。

累紳は妙を振りかえる。

「……妙」

燃える星を想わせるその眼差しは、妙に依頼をするときと似ていた。試すような。それでいて、見破ってくれと頼みこむような。

(わかりましたよ、視ていればいいんでしょ)

雨が激しくなってきた。

洗濯桶をぶちまけたような土砂降りだ。通りにいた妃妾や宦官は慌ただしく建物に入り、累紳と妙、錦珠の三者だけが残る。

「確か、昨年に皇帝陛下が崩御された晩もひどい雨が降ってたな。俺はあとから報告を受けたが、おまえは宮廷にいたんだろう」

「なにが言いたいのかな、哥上」

累紳がわずかに声を落として、錦珠に問いかけた。

「……あれは、毒殺だったんだろう?」

皇帝の崩御について、後宮でも毒殺を疑う声はあった。あくまでも噂にすぎなかったが、錦珠はあっさりと肯定する。

「医官が調査したかぎりでは、そうらしいね」

「だろうな。だが、陛下はとても慎重な御方だった」

累紳は続けた。

「陛下に毒を盛れるものはかぎられている。食事にも茶にも毒味役をつけ、茶杯は百種のうちから、かならずその場で選んでいた。杯の底にも毒を盛られることがないように」

雷鳴が響いてきた。遠いが、嵐がせまっているのを肌で感じる。

「錦珠。おまえには先見の明があったな。先のことが、予知できるとか」

妙が息をのむ。それは予言ができるということか。

妙の戸惑いを知ってか知らずか、累紳は続ける。

「あのとき、陛下が選ぶ茶杯がおまえにはわかっていたんじゃないのか」

「僕が、毒殺をしたと？」

錦珠は心外だと頭を振った。

「おまえは、殺してないんだな？」

「ああ、……僕が殺すはずがない。あらぬ疑いをかけるのならば、あなたであっても容赦なく不敬罪に処すよ」

妙がはたと瞳を見張った。

累紳がゆっくりと口の端をもちあげ、肩をすくめる。

「冗談だよ。本気に取らないでくれ」

「不愉快な冗談だね」

紅と銀。雨に濁る風景のなかで相いれぬふたつが衝突する。

「なにを考えているかは知らないが、貴方が禍《わざわい》の星として産まれついた事をお忘れなく」

不穏な言葉を残して、錦珠は背をむけた。髪を彗星のようになびかせた背がみえなくなってから、累紳は声を落として妙に尋ねる。

「あいつの言葉に嘘はあったか」

妙は動揺しつつ、こくんと頷いた。

錦珠があることを言ったとき、一瞬だけ、あきらかに呼吸がみだれた。

「僕が殺すはずがない――あの言葉、嘘です」

累紳は視線をふせ、息をついた。

「そう、か」

彼は濡れた紅髪を握り締め、乱暴に掻きあげる。予想は、ついていたとばかりに。

妙はうつむいた。皇帝の暗殺。女官如きが知るべきではなかった危険な真実に触れてしまった。後悔もある。

だが、妙を最も戸惑わせているのは――

「ひとつ、尋ねていいですか？　錦珠様は先のできごとを予知できると言ってましたよね。あれはほんとうですか」

彼は姐と同じ本物なのかということだ。

「事実だよ」

累紳が肯定する。

「一昨年は北部の領地に敵が侵攻してくるといって、軍をむかわせ、敵軍を撃退した。昨年も南部で地震があるといい、民を全員避難させることができた——もっともあれこれと先読みして、動くようになったのは四、五年前からだが」

「それまではそんなことはなかったんですか」

「俺が知るかぎりではな」

妙はひどい胸騒ぎを感じた。

最愛の姐が失踪したのも五年前だ。

奇妙な一致。ただの偶然なのか。あるいは関連があるのか。

「だが、これではっきりした。これまでは疑惑にすぎなかったが、皇帝を暗殺したのは錦珠だったんだ」

累紳は濡れ髪を掻きみだす。

「錦珠に野心があることはわかっていたが、そうまでして皇帝の椅子が欲しかったとはな」

皇帝が崩御すれば、第二皇子である錦珠が新たな皇帝になることは、もとから確定していた。累紳は廃嫡で、第三皇子である星辰は幼く病弱すぎる。宮廷では第三皇子を支持する政派もあるそうだが、錦珠の政派は強硬派《タカ》で勢力も強い。

「強硬派の官僚たちが錦珠を支持しているのも、錦珠の先読みをつかって、戦争をはじめたいからだ。あいつが皇帝になったら、星《シン》は確実に乱れる」

「告発は……できないでしょうね」

「証拠がないし、錦珠がそんなものを残しておくはずもないからな」

累紳の眸が燃える。

逢ったときを想いだすような、黄金に燃える星の眸だ。

「易妙」

累紳は妙にむかい、手を伸ばす。

「俺を皇帝にしてくれないか」

累紳は心理を隠すのが巧い。

だが、妙は累紳と一緒に行動してきて、それなりには打ち解けてきた。段々とではあるが、彼の癖も理解できるようになった。

だから、わかる。

彼は嘘をついたとき、左下に視線を落とすのだ。

大抵の者は右上を視るというのに。

だから——今の言葉は、嘘だ。

「なんで」

そんな嘘をつくのか。

彼は皇帝になど、なりたくない。皇帝になるつもりもなかった。それなのに、妙に頼むのだ。皇帝にしてくれと。

揺れていた累紲の視線が不意にさだまる。

星の眸が妙を映す。まっすぐに。

「俺が信頼できるのはあんただけだ」

それだけで、わかる。

これは、これだけは、真実《ほんとう》だ。

(嘘だったら、よかったのに)

帝族の継承争い。殺伐たる諍いの舞台だ。占い師まがいの姑娘なんかが、踏みこんでいい領域ではない。命知らずにもほどがある。

毒殺だとか、暗殺だとか、そんなものとはいっさい縁のないところでほどほどに働き、うまいものを食べて、穏やかにのほほんと暮らしていきたい。

それなのに――

妙は唇をひき結ぶ。

「――私は」

放っておけない。

濡れてもなお、燃え続ける髪をなびかせた男。星の眸《ひとみ》の第一皇子。うまいものを食わせてくれるからでも高貴な身分だからでもなかった。

なにもかもを諦めたような眼差しが、胸を刺す。いつのまにか、それは抜けない棘になっていた。

「たぶん、たいして、役にはたちませんよ?」

寂しげに漂っていた累紳の手に触れる。強くつかまれ、いっきにひき寄せられた。妙が傘を落とす。石畳に転がった傘にざあざあと雨が降りしきる。

「あんたが、必要だ」

また、どこかで雷が落ちる。

嵐を連れて、夏がきた。

第三部　《口》は心の門

昔《ふるく》から星の動きは神意の徴《あらわれ》だと考えられてきた。

よって、星《シン》の宮廷には星を観測する欽天監《きんてんかん》という官署が設けられている。欽天監には仰星塔《ぎょうせいとう》という施設があり、ここで観測された天文現象を基に暦《こよみ》が組まれ、政《まつりごと》を動かす重要な占星《せんせい》が執りおこなわれる。欽天監に勤める文官や宮廷巫官《きゅうていふかん》は総じて占星師《せんせいし》と称されていた。

今晩は嵐だ。星のない晩だが、占星師たちは文書を書きとめたり計算をしたりと慌ただしかった。

彗星のような銀髪をなびかせ、仰星塔の階段をあがってきたものがいた。

星の第二皇子である命錦珠《ミンジンジュ》だ。

占星師たちは振りかえり、袖を掲げて頭《こうべ》を垂れた。

「どうだい、例の日時は割りだせそうかな」

「それが、……非常に申し上げにくいのですが」

「計算できない、なんて言わないよね」

錦珠が穏やかに微笑しながら、占星師たちを睨《にら》みつけた。占星師は思わず後ろに身を退き、申し訳ございませんと詫《わ》びを繰りかえす。

「要領を得ないな、旻旻《ミンミン》はいないのか」

「こちらにおります、皇子様」

眼鏡をかけた占星師の男がやってきた。

旻旻は敏腕の占星師である。彼は文官であり、巫官のような神妙なる能力はないが、計算にかんしては比肩するものはいなかった。

「計算は可能なんですよねぇ。ただ、残念ながら、いまの施設では正確な観測ができない。誤差ができ、秒まで割りだすのは……まあ、ほぼ不可能ですねぇ」

彼は設置された渾天儀《こんてんぎ》を指す。渾天儀とは円盤を組みあわせて造られた球形の天文観測の機材だ。

「どれくらいの予算があれば、できるのかな」

「錦珠様はお話が早いですねぇ」

旻旻が嬉しそうにぽんと手を打ちならす。

「実は夏までに水運儀象台《すいうんぎしょうだい》というものを造りたいと考えています。これが発明できれば、一秒の誤差もなく、完璧に天体を観測することができます。ただ、それには莫大《ばくだい》な予算がいるんですよねぇ」

旻旻が錦珠にその額を耳打ちした。

予想をはるかに超えた額に錦珠は頬をひきつらせる。指をかみながら思考を廻《めぐ》らせ、彼は「わかった」と言った。

「必要資金を全額、提供すると約束しよう」

「さすがは皇子様です、いやあ、まもなく皇帝になられる御方は違いますねぇ」

旻旻が官服の筒袖《つつそで》を振り、わざとらしいほどに褒めそやす。自身が設計した新たな発明品を実現できることに喜びを隠せないのは研究者のさがか。

「新たな皇帝、か」

錦珠は星を象る渾天儀を睨みながら、静かに微笑《ほほえ》みを浮かべた。

「あらゆる禍福《かふく》は星の動きでさだめられるものだ。……僕と累紳《レイシエン》が産まれたときにそうだったように、ね」

◇

「嵐、やみそうもないですね」

「まさか、ここまで崩れるとはな」

ひどい嵐に遭ってしまった妙《ミャオ》は累紳《レイシエン》とともに倉で身を寄せあっていた。傾きかけたぼろぼろの倉だが、雨宿りくらいはできる。窓の外を覗《うかが》っているが、嵐がやむどころか風が強くなってきていた。

「寒くはないか」

「へいきです、累紳様はだいじょうぶですか」

「ああ、夏でよかったよ。春だったら、風邪《かぜ》をひいてたな」

木箱にならんで腰かけて濡れた袖をしぼりながら、しばらくは他愛のない話をしていたが、それも次第につきて、妙がぽつりと尋ねかけた。

「禍《わざわい》の星、というのはなんですか」

さきほど第二皇子である錦珠が語っていた言葉だ。彼は累紳のことを「禍の星に産まれついた」と言った。これまでならば、黙っていただろう。だが、妙は累紳を皇帝にすると約束した。ならば、知っておくべきことだ。

「累紳様が廃嫡《はいちゃく》されていることにも関係があるんじゃないですか」

「あいかわらず、あんたは察しがいいな」

累紳が降参だとばかりに腕をあげた。暗すぎて細かな表情までは見て取れないが、声のかんじからして、苦笑いしているらしい。

「占星というのは知っているか」

「ええ、まあ。詳しくはないですけど。政にも取りいれられている高尚《こうしょう》なやつですよね。周易《しゅうえき》とか風水とか、数ある占いのなかで最も重要視されているのが占星だとか。確か、宮廷に占星の官署《かんしょ》がありませんでしたっけ」

「欽天監のことだな。占星の役割には暦の推算《すいさん》、天変地異の予知、政の是非《ぜひ》を星に問うほかに、皇帝の御子が産まれたときに星を読んで命運を導きだすというものがある」

累紳が産まれたときにも宮廷占星師によるお告《つ》げがあったということか。

「俺と錦珠は腹違いの哥弟だが、産まれたのが同日同時刻だった」

「そんなこと、あるんですか」

「占星師いわく、双連星《ふたつぼし》というそうだ」

窓から、ひと振りの光が差し渡る。夜の雲の輪郭《りんかく》が浮かびあがり、続けてすさまじい地響きが傾きかけた倉の壁を軋ませた。

落雷だ。雷の余韻が静まってから、累紳が再び喋りだす。

「さきに産まれた星は、あとから産まれた星の陰になる――つまり、俺の星は弟である錦珠の星に覆い被されるかたちになったわけだ」

「それがなんで、廃嫡なんてことに」

「陰の星は死星《しせい》といって、禍《わざわい》をもたらすと言い伝えられている。俺が皇帝に就《つ》けば、星《シン》は滅びるであろうというお告げがあった」

慌てふためいた宮廷は、間違っても累紳が皇帝に即位することがないよう、彼を廃嫡に処した。

「俺は産まれながらの疫病神《やくびょうがみ》なんだよ」

彼がどんな顔をして語っているのか、妙にはわからない。だが、諦めたように笑いをまじえながら、声の端々は硬く強張《こわば》っていた。

「そんなことで人の運命がきまるはずがないじゃないですか。あんな遠くにある星が、なにをきめるっていうんですか、ばかばかしい話です」

「いかにばかばかしくとも」

累紳がわずかに声の端を震わせる。

冷静さを取りもどすためか、ひとつ、呼吸を経てから彼は続けた。

「……宮廷に占星を疑うものはいなかった。皇帝も含めてな。占星は神の託宣《たくせん》だ。神の意は絶対だった。皇后《こうごう》である俺の母親は、廃皇子《はいおうじ》となった俺と一緒に後宮のはずれにある離宮に移された」

「それがあの宮ですか」

「ああ、そうだ」

寂莫《せきばく》とした殿舎《でんしゃ》を想いだす。

あの宮で、累紳はいかなる思いを抱えて、これまで生き続けてきたのか。廃された第一皇子と謗《そし》られて、白眼視されながら。それでいて、彼が帝族であるかぎりは宮廷を離れることもできないのだ。

どれほど息がつまることか。妙には想像がつかない。

妙にできるのは考えることだけだ。星の神託で廃された累紳を皇帝にするにはどうすればいいのか。

「……でも、正直言って安心しましたよ」

「どういうことだ」

皇帝の嫡子《ちゃくし》が廃される経緯は様々だ。母親が重罪で処刑されていたり、皇帝と皇子が敵対していたり、はたまた皇帝の女を寝取ったなんて例もある。最後のは別として、こうした事情は政界に縁のない妙では解決が難しかった。

「占い師がきめたことならば、占い師に覆せるはずです」

もちろん、容易ではない。宮廷にいるものたちを信じこませるには、大規模な舞台と確かな裏づけを要する。だが、できないことはない。

累紳は眼を見張ってから、息をついた。

「あんたを選んで、……よかった」

肩に腕をまわされて、妙はぎゅっと強く抱き寄せられた。はからずも累紳の肩に頭を乗せるようなかたちになる。

「ちょっ……累紳様、これ、恥ずかし……んですけど」

懸命に訴えたが、累紳には聞こえていないのか、いっそうきつく抱き締めてきた。

「俺は、神を信じない。あんたもそうなんだろう。神なんか碌《ろく》なもんじゃないと思ってる。俺はずっと――」

雷がまた、落ちた。

窓から差す稲光が一瞬だけ、累紳の表情を照らしだす。

妙は息をのんだ。

累紳は泣きそうな瞳をしていた。

「神に喧嘩《けんか》を売ってくれるやつに逢いたかったんだ」

ああ、でも、それは――

(私も一緒かもしれないな)

親が騙されて借金を背負わされたとき、まわりは運がなかったなと哀《あわ》れんだ。だが、妙は思った。運なんかで善人が大損して、騙したものが得をするのならば、神なんて要《い》らないと。

妙はすとんと累紳の肩に頭を乗っけて、身をゆだねた。

累紳の暖かさと、かすかな呼吸をすぐ側に感じた。冷え切った肌が徐々に暖まってくる。

妙は累紳に寄りそい、瞼をとじた。

嵐はまだ、続いている。

◇

嵐は一晩で通りすぎた。

女官《にょかん》たちは朝からおおいそがしだった。荒れてしまった庭や廻廊《かいろう》の清掃、壊れたところの修繕、雨洩《あまも》りの掃除など、昼食の時間まで休憩を取る暇もなく働き通しだった。

「ああ、お腹減ったわあ」

「こんなに賄《まかな》いが恋しく感じたのは久しぶりよ」

賄いは女官たちの楽しみのひとつだ。正確には昼食を取りながら、妃妾《ひしょう》がどうだの、仕事がきついだの噂や愚痴《ぐち》に花を咲かせるのが女官の日課である。

だが、毎度喋るよりも食べることに熱心な女官がいる。

易妙《イーミャオ》だ。食いしん坊な新人女官――だが、食べたら食べただけ、きびきびと働く頑張り屋、というのが職場の女官たちの、妙にたいする印象だった。

それなのに、だ。

「……ごちそうさまでした」

妙が匙《さじ》をおいたのをみて、先輩女官が瞳をまるくした。

「え、妙……お、おかわり、食べないの？」

「お腹いっぱいなんで」

「でも、海鮮粥はあんたの大好物じゃないの」

「好きは好きですけど……残りは、先輩がたで食べちゃってください」

妙は袖を振って、ふらふらと食堂をあとにしてしまった。

「あの妙が、おかわりしないなんて、そんな……」

「変なものを食べてお腹を壊したんじゃない？」

「まっさか。あの姑娘《こ》はそうそう、お腹なんか壊さないでしょ」

先輩女官に続いて、ほかの女官たちも心配そうに顔を見あわせる。

「恋わずらい、とか？」

「ないない」

「だよねぇ」

「そうそう、妙が恋なんかで食欲をなくしたら、今晩は嵐どころか、雪が降るわよ」

「で、でも、昨日……」

先輩女官が言いかけて、唇をひき結ぶ。

第二皇子である錦珠から、内緒だよ、と言われていたのだった。

だが、あの後、はたして錦珠と妙になにがあったのだろうか。まさか、寵愛《ちょうあい》を得たとか？　いや、あの姑娘にかぎってそんな。だが、妙は朝帰りではなかったか？　様々なことが頭をかけめぐり、先輩女官まで段々と食欲がなくなってきた。

「ううっ、いったい、なにがあったのよお！」

あとから絶対に聞きだしてやるんだからと、先輩女官は息巻いた。


…………


結局、嵐の後始末は朝から晩までかかった。

勤務を終えたときには日が暮れていたが、妙は気分を変えたくて後宮の町に繰りだしていた。先輩女官がぎらぎらとした眼でみていたような気もするが、まあたぶん、疲れていたせいだろう。

うまそうなにおいを漂わせた屋台にも、今晩は惹かれなかった。

橋にもたれて、妙はため息をつく。

(廃嫡された第一皇子を皇帝にする、か)

あらためて考えても、とんでもないことにかかわってしまった。

ほんとうにそんなことができるのか。どうすれば、占星師の神託を覆せるのか。朝からそんなことばかりを考えてしまい、食欲が湧かなかった。

だが、後悔はない。

錦珠は予言ができるという話も気にかかっていた。彼が予言をするようになった時期は、ちょうど姐《あね》が失踪したときと重なる。錦珠について調べていけば、姐の手掛かりも得られるかもしれなかった。

(とはいえ、今の段階では頭を悩ませたところで、どうにもならないな。うん、やめやめ。それよか、腹が減ってはなんとやらだ)

いったん割りきれば、思いだしたように腹がぐうと減ってきた。激安の屋台にでもいこうかと思ったところで、後ろから声をかけられる。

「風邪、ひかなかったみたいだな。よかったよ」

振りかえれば、累紳が路地裏の壁にもたれていた。

「これから星辰《シンチエン》の見舞いにいくんだが、ついてきてくれないか」

「星辰様ですか。その後、体調は落ちつかれたんですか?」

第三皇子の星辰は夢蝶《モンディエ》の薬を飲み、急性の発作を起こして、重態になった。累紳からは一命を取りとめたという連絡は受けていたのだが、それきりになってしまったので案じてはいたのだ。

「で、でも、いいですかね。私、いろいろやらかしたんですけど」

なにせ、彗妃《フェイ》の頬を張ったのだ。不敬罪で捕まっていないのが奇跡である。

「実は彗妃のほうから、妙にも声をかけてくれと」

「ええっ……どういうことなんですか、それ」

理解できない。さすがに見舞いにいったら捕吏《ほり》がいる、なんてことはないだろう。妃から声をかけられているかぎりは、遠慮するほうが失礼だ。彗妃に会うのは非常に緊張するが、妙は観念して累紳と一緒に星辰の宮にむかった。

◇

星辰は取りとめもなく窓を眺めながら、臥榻《ベッド》に横たわっていた。枕もとには難しそうな書物が積みあげられている。

「星辰、体調はどうだ」

臥室《しんしつ》を訪れた累紳が声をかけると、星辰はぱあと顔を輝かせた。

「累紳哥様《レイシエンあにさま》！　わざわざお越しくださったのですか」

「わざわざというほどのことはないさ。後宮のなかだからな。俺としては毎日だって見舞いにきてもいいんだが、まあ、度々きても迷惑をかけるからな」

「迷惑だなんて、そんな。哥様のお顔を拝見できるだけで、元気になります。ご遠慮なさらず、いつでもお越しください」

星辰はまだ丁年《ていねん》（二十歳）を迎えていないので、後宮にある彗妃の宮で暮らしていた。宮には常時侍医がつき、ちょっとでも不調があれば、宮廷の医官たちがすぐに動ける体制になっているとか。

累紳と星辰が喋っているのを眺めながら、薬の事故で星辰が命を落とすようなことにならなくてよかったと妙はあらためて胸をなでおろす。

「お越しくださったのですね、易妙」

踵のある沓《くつ》をかつかつと奏で、彗妃がやってきた。

石膏でできたような無表情なので、歓迎されているのか、厚かましいと思われているのか、まったくわからない。

「あ、……彗様、その……お邪魔しています」

高貴な御方にどんな挨拶をすればいいのか、いまいち考えつかず、微妙なことを言ってしまった。彗妃は自身の耳に触れながら、固く沈黙している。あれは妙にたいして苦手意識を持っているという表れだ。あるいは照れているのを隠すために耳に触れる、ということもあるが、彗妃にかぎってそれはないだろう。

（そんなに苦手だったんなら、呼ばなくてもいいのに）

彗妃は続けて、累紳に視線をむけた。

累紳は星辰の読み終えた文献《ぶんけん》をめくったあと、星辰の頭をなでて勉強熱心だなと褒めている。星辰は嬉しそうに頬をそめていた。

「……また」

「はい？」

「ときどき星辰に逢いにきてやってください。星辰はあなたがたに逢えるのを、とても楽しみにしていますから。累紳皇子にもそのように伝えていただけますか」

「え、あ、はい」

「それでは、私は執務がありますので」

彗妃はそれだけ言って背をむけた。いったい、なんだったのか。旋風《つむじかぜ》みたいな女《ひと》だ。

だが、廻廊を遠ざかっていく足取りは心なしか弾んでいた。

「妙、星辰と喋っててくれるか。俺はこれを運んでくるから」

星辰の読み終えた書物を抱えて、累紳が房室《へや》からいなくなった。星辰は妙に微笑《ほほえ》みかけ、

「こちらにどうぞ」と側におかれた椅子をぽんぽんとたたいた。

「星辰様。お久しぶりです。ご体調はいかがですか？　その……まだあまり、お元気になられたようには見受けられないのですが」

「胸にかなりの負担をかけてしまったみたいで……でも、お医者様の言いつけをまもって

安静に努めているので、じきに落ちつくはずです」

星辰は眉をさげて、苦笑する。

「恥ずかしながら、あのときのことはよくおぼえていないのですが、妙姐様《ミャオあねさま》に助けていただいたのだと母様にあとから教えていただきました。たいへんなるご恩を賜《たまわ》り、なんと御礼を申しあげていいのか」

「そんなそんな！　私はとくになにも」

「ですが、甘草《カンゾウ》だとわかったのは、毒である危険をかえりみずに妙姐様が確認してくださったからです。累紳哥様にもご迷惑をおかけしてしまって」

「迷惑だなんて。累紳様はこれっぽっちも思っておられませんよ」

「哥様はお優しいですから。昔からそうでした。何度、哥様に助けていただいたことか。犬に追いかけられたときも、哥様が助けてくださいました」

「そういえば、私も鶏につっつきまわされて橋から落ちたとき、助けてもらいましたね」

累紳は意外とかいがいしいところがある。

「わがままを言っても、哥様は怒らないできいてくださいます。ぼくが凧揚《たこあ》げをしたいと言えば、こっそり連れだしてくださったり。馬に乗りたいと言ったら一緒に乗せてくださいました。でも、あとから哥様のほうが母様に怒られてしまって」

「もしかして、彗様が累紳にきつくあたるのって」

「全部、ぼくが頼んだことなので、哥様には責任はないのですが。……母様にはわかっていただけなくて」

妙は呆れた。彗妃は子を想っていないどころか、超過保護じゃないか。もっともあの彗妃のことだ。素直に星辰の身を案じているとは言えずに「勉強の邪魔になる」とか「遊ぶ暇があったらもっと書物を読みなさい」とか、そういう叱りかたをしていたに違いない。

「累紳哥様は、ぼくの自慢の哥なのです」

星辰の言葉のひとつひとつからは、累紳にたいする敬慕の念があふれている。

「哥様がお商売にかかわっておられるのはご存じですか」

「ええ、まあ」

知っているどころか、商談に連れていかれたことも宣伝を考えたこともあった。

「あれは貿易を通じて、民の暮らしぶりを把握するためになさっていることです。あらゆる物事は連動するものですが、とくに政の誤りは即日、経済に反映されます。物価が落ちついているときは政が穏やかな証です。ほどほどにぜいたくな物であっても、民がちょっと頑張るくらいで購入できるときがちょうどいいのだと哥様は語っておられました」

彼が娯楽ではなく、真剣に商売に取り組んでいたのは妙も知っていたが、民の経済にまで思慮《しりょ》が及んでいたとは意外だった。あらためて感心する。

「なので、その」

星辰は睫《まつげ》をふせ、声を落とす。

「様々な障害を度外視して論ずるならば……なのですが、ぼくは、累紳哥様が皇帝になるべきだと思っています」

「それは」

わかっています、と星辰は微苦笑した。

「ぼくがこんなことを言うのは、許されないことです。ぼくを皇帝とするべく働きかけてくれている皆様にも、母様にも、とても失礼なことですから。それに哥様もそれを望まないでしょう」

星辰が喋りながら、ふと視線を移す。

つられて妙も視線を動かせば、飾り窓から廻廊を渡ってくる累紳の姿がみえた。新しい書物を抱えている。まもなく房室につくだろう。

「なので、これは、ぼくと妙姐様だけの内緒の話です」

「了解です。私、喋る口は堅いので」

（食べる口は緩いけど）

累紳が今、皇帝になることを望み、そのために動きだしているのだと言ったら、星辰はどうするだろうか。意外と助けになってくれるのではないだろうか。

ああ、でもほんとは。

（それも、嘘なんだよな）

皇帝にしてくれと頼んだときの累紳は、あきらかに嘘をついていた。あの嘘がどういったものなのかは妙にはわからない。心理は読めても考えが読めるわけではないからだ。

「新しい書物も取ってきた。ここにおいていいか」

「わあ、ありがとうございます、哥様」

累紳がどっさりと書物を持ってきた。

「それにしてもまた、難しい書物を選んだな」

「一度読み終えたのですが、五年前なので再読したいと思いまして」

「八歳の頃かよ……」

楽しげに喋る累紳を眺めつつ、妙は考える。

だとすれば、累紳の真の望みとはなんだろうかと。

視線に感づいた累紳が振りかえり、笑いかけてきた。実の弟である星辰にむける微笑と大差のない信頼に満ちた表情が、なぜだか、妙の胸を締めつけた。

◇

夏の夜風は心地いい。

軒《のき》にならんだ提燈《ちょうちん》は祭りみたいに賑やかだ。

ここは上級妃の宮ばかりが建ちならぶ区域だ。睡蓮《すいれん》が咲き誇る水庭《すいてい》にかけられた橋を渡りながら、累紳が喋りだした。

「夢蝶嬪《モンディエひん》の取調べが進んでいるんだが、どうにも不可解な供述がでてきてな」

「どういうことですか」

「甘草の軟膏《なんこう》は宮廷医官から購入した物らしい。漢方薬として、ではなく、薬を甘くするための練り飴だと教えられたとか。問題はここからだ。夢蝶嬪の証言をもとにその宮廷医官を捜したところ、名簿には登録されていなかった。外見が一致する宦官はいたが……すでに死んでいた」

「……それは、事件のにおいがしますね」

星辰が薬を飲んで倒れたとき、累紳や彗妃はまっさきに毒による暗殺ではないかと疑った。実際のところは毒物ではなく漢方薬だったわけだが、心臓を患《わずら》った星辰にとっては毒と大差ない危険物だ。

「心臓に病をもつ患者には甘草が毒となるということは医官たちも知っていた。漢方や毒に詳しいものならば、誰もが持っている知識だそうだ。だったら、よけいにこれを星辰に飲ませるよう、仕組んだものがいてもおかしくはない」

「だとすれば、暗殺未遂ですよ」

累紳はその通りだと眼尻をとがらせた。

「違和感はあったんですよね。なんで、あのときにかぎって、夢蝶嬪は特別な薬なんかを取りだしてきたんだろうかと」

患者が第三皇子だったから、夢蝶嬪も張りきったのかとも考えたが、彗妃はとくに予約をせずに夢蝶嬪の宮を訪れたそうだ。つまり星辰のために薬を調達したわけではない。

「よさげなものを宮廷医官から購入したあと、第三皇子がきたら、これをつかってみようとなるのが心理です」

「彗妃が星辰を連れていくことも知っていたもの、ということか」

だとすれば、刺客は後宮内部にいるということになる。

「星辰の暗殺を狙うとすれば、錦珠、あるいは錦珠の支持者か」

「それだったら、後宮のなかにも結構いそうですね」

橋を渡りきって屋頂《やね》つきの廻廊を進む。

庭では百日紅《さるすべり》が咲き群れている。ちりちりと燃える火種のような蕾《つぼみ》に視線をむけ、累紳がため息をついた。

「実際、まもなく皇帝がきまるというこの時期に星辰が倒れたことで、星辰を推していたものたちの勢いが落ちてきている」

「敵の思惑どおりということですか」

それはそれとして、妙は意外だったことがある。

「都では、ふつうに錦珠様が皇帝になるだろうという声ばっかりだったんですよね。星辰様のことは後宮にきてから、ああ、第三皇子もいるんだなと思ったくらいでして。でも宮廷では、星辰様を支持する党派が、かなりいるみたいじゃないですか。どうなっているんですかね」

「星辰を支持しているのは士族、昔ながらの幇《ほう》が八割だ。商幇《しょうほう》だけじゃなく、農協とかの民間組織も含めるから、後ろ盾としてはかなり強い。あんたにはそうした人脈はなかっただろうから、一部の民の噂だけが大きく聞こえてきたんだろう」

「反響室《エコーチエンバー》現象ですね」

耳慣れない言葉だったのか、累紳は眉の端をあげる。

「それはどういうものだ」

「巷《ちまた》というのは広そうでいて、非常に狭いものです。なぜかというと、同等の知識、同等の意識を持ったものが群れるからです。群れのなかでは意見が一致しやすく、ともすれば、それが世間一般の意見であると勘違いしてしまう——これを反響室現象といいます」

累紳が感心して唸る。

「あんた、ほんとによく知ってるな」

「群集心理のひとつですから。ただ、これ、勢いがつきだすと強いんですよね」

「根拠もない反響なのにか？」

「類似したものに噂の滝《カスケード》という現象がありまして。一部の群れのなかだけで反響していた噂にほかの群れが流されていって、石橋を流すくらいの勢いに膨れあがることが希《まれ》にあります」

だから、噂の滝だ。

「錦珠様は、民の支持が厚いんですよね」

「ああ、星辰と違って、錦珠は都に度々赴《おもむ》いては表舞台に立ち続け、民心を惹きつけているからな。わかりやすい公約を掲げたり、恵まれないものに施しをしたり」

昨日も先輩女官にたいして、錦珠はねぎらいの言葉をかけていたと妙は想いだす。鯉《こい》に餌《えさ》をやるみたいに慈愛を振りまかれて、先輩はまんまとうかれていた。

「公約というと、どういうのですか？」

「確か、貧しい家庭に補助金を配る、だったかな」

「わあ、それは露骨に強いですね」

「俺としては貧富の差を縮める根本解決にはならないと考えているんだが。有事の際ならばともかく十万程度をばらまいたところで、経済効果があるかどうかは疑わしい」

「民はそのときそのとき、腹を満たすので精一杯ですからね。さきのことまでは考えていません。すぐにでも助けてくれそうな施政者に頼りたくなるもんなんですよ」

そういうものかと累紳が眉根を寄せた。

「民は食をもって天をなす、とはよくいったものだな」

「そういう意味では、錦珠様は民の心理をがっつりと摑んでいるわけですね。重ねて、錦珠様には強硬派《タカ》の後ろ盾もあります」

今の政に不満をいだき、革新を望む若者が同調しやすいということだ。

「錦珠様が皇帝になれば、腐った政をなんとかしてくださるに違いない、なんて声は巷でもよく聞きましたね。まあ、私はそんなに腐っているとは思いませんけど。ふつうじゃないですかね、今の政って」

累紳はかすかに苦笑してから、視線を遠くに馳せた。

「皇帝は……堅実な方だったからな。まあ、皇帝としては問題のある男ではなかったと思う」

「そうそう、完璧な政なんかないですからねぇ」

息子という立場だからか、皇帝にたいする累紳の評には含みがあったが、妙はあえて触れなかった。踏みこんだら、ぜったいにやばい話だ。

だが、皇帝が崩御してから約十四カ月経っても新たな皇帝がきまらなかったわけが、これで妙にも明確に理解できた。

支持層の違いがあれど、錦珠と星辰は予想よりもはるかに拮抗しているのだ。

妙は隣を歩く累紳に視線をむける。

提燈のあかりを映した紅の髪が、うす暗がりのなかで燃えていた。百日紅より華やかな男。廃嫡でさえなければ、すぐにでも皇帝は累紳にきまっただろうと妙は思う。

「俺はひとまず、星辰の後援にまわろうかと考えている。錦珠に支持が傾きすぎたら、やっかいなことになる。現段階では、俺は候補者でもないからな」

累紳が振りかえる。その眼差しは真剣だが、朗《ほが》らかだった。

「あんたの考えはどうだ」

「累紳様に完全に同意ですね」

彼が尋ねてくれることがなぜだか嬉しくて、妙は弾むように笑った。

石畳を敷かれた路に伸びたふたつの影はぴたりと寄りそっている。背丈の違う影は満天の星に照らされて、どこまでも一緒に歩いていった。

◇

即位の儀は九月にきまった。

今から約ふた月後だ。細かな日程は後日公表される。

新たな皇帝はそのときに決まるそうだ。異例だったが、内廷での諍《いさか》いを避けることを第一に考えた策だろう。

「よもや、こんな時期に星辰皇子が臥《ふ》せられるとは……たいへんな事態になりましたな」

豪商が盛大にため息をついた。

いつもとは違った餐館《レストラン》の個室で火鍋をかこみながら、妙と累紳は豪商の男と今後について話しあっていた。累紳は相変わらずときどき杯を傾けるだけで箸には触れもせず、妙だけが最高級の豚しゃぶをせっせと食べ進めている。

「錦珠様個人はともかく、彼の政派は戦争を進めかねません。錦珠様の即位はなるべく避けたいところなのですが」

星は大陸最大の領地を有し、現在は隣接する諸国と同盟を結んでいる。同盟を結んだ経緯としては、六十年前に長期化した領地争いを経て疲弊《ひへい》した諸国が、星にたいして自国領地の三割を差しだすことを条件に、星との和睦をもとめた。星の皇帝は他国を制圧し禍根《かこん》を残すよりも終戦を望み、同盟条約を締結。これにより、今なお続く安寧《あんねい》の礎は築かれたのである。

「皇帝陛下が崩御《ほうぎょ》したとき、陽《ヤン》の軍が領地に侵攻してきましたよね。あれが悪かった。条約とは確実なものではない、条約など破棄して大陸を統一するべきだという強硬派に良い口実を与えてしまいました」

「だが、あのときの侵略については、陽の王が一部の軍隊による謀反《むほん》だったと弁明している。軍の関係者を族誅することで責任を取り、すでに事態は収束した」

「累紳様の仰るとおりです。事実、終戦から六十年が経っても、他の国とは良好な関係が続いています。よって、我々は、今後とも同盟を維持するべきだと考えています」

「俺も同じ考えだな」

現在の星の国力を考えれば、他国を制圧することも可能だが、戦争が勃発して被害を受けるのは民だ。貿易が阻害されれば、豪商もかなりの損害を受けることになるだろう。

「星辰様がたいそうご聡明《そうめい》であらせられることは周知の事実ですし、我ら商幇も経済拡大期の崩壊の折、星辰様の智恵《ちえ》をお借りして損失を免《まぬが》れたという御恩があります。ですが、星辰皇子のご病態を受け、支持を諦めるものがあとを絶ちません。私自身も今後、どうするべきか悩んでいるところでして」

話には耳を傾けつつ、妙は脂の乗った豚肉を鍋で泳がせ、野菜を巻いて頬張る。唐辛子と花椒《ホアジャオ》の織りなす絶妙な旨辛さがたまらない。

（緊張感のある話の途中でも、うまいものはうまいなぁ。ついでにうまいものを食べると、頭がまわってくる）

「それなんですけど」

妙が声をあげる。

「星辰様が成長するまでは、彗妃に政を執っていただくというのは無理なんでしょうか？確か、そういう制度があったような」

「摂政《せっしょう》か、なるほど」

彗妃は女の身でありながら日頃から士族を取りまとめる役割を担っており、人望も厚かった。

「ふむ、それはよい考えですな」

豪商が膝を打つ。

「彗妃には俺から提案してみよう」

「助かります。それでは引き続き、我らも星辰様を支持することができそうです」


…………

帰りの馬車に揺られながら「お腹いっぱいです、もう食べられません」と幸せそうにとろけていた妙が、ふと真剣な声をだす。

「……商人たちですが、今後も星辰様の支持をしてくれますかね」

「問題ないはずだ。ここで莫大な資産を持った商人や幇が錦珠についたらさすがにやばいが、彼らが反発を続けているかぎりは、錦珠たちもそうそうは動けないだろう」

馬車の窓から賑やかな声が聞こえてきた。

黄昏《たそがれ》にそまる都の町角に大勢の人が群がっている。人々はなにやら有難《ありがた》いと拝んだり、首をひねったりと騒々《そうぞう》しい。人々が口にしている「新たな皇帝」という単語に反応し、累紳は馭者に馬車を寄せるよう、指示する。

群衆にかこまれて、老婆が朗々と高唱《こうしょう》している。数珠のついた服からその老婆が巫官《みこ》であることがわかった。もっとも宮廷巫官ではない、はずだが。

「日輪をも統《す》べ、随《したが》えるものが新たな皇帝となる。晩夏《ばんか》の候《こう》、万民が天の意を知るだろう――これが、宮廷巫官の予言である！」

妙が窓から頭をつきだして息をのんでいるうちに、累紳は慌ただしく馬車から降りていった。

「宮廷巫官の託宣を詐称《さしょう》するのは大罪だ、それは事実なのか」

累紳は巫官につかみかからん勢いで糾弾《きゅうだん》する。老巫官は歯が抜けた口を開け、笑った。

「天地神明《てんちしんめい》に誓って、宮廷巫官が受けた神託に相違ないよ」

累紳が追いかけてきた妙を振りかえる。嘘をついている様子はないかと。

「真実、だと思います」

だが日輪を統べるとはどういうことなのか。

累紳が眼差しをとがらせる。

「……不穏《ふおん》だな」

累紳からすれば、宮廷巫官の予言というだけでも古傷に塩をぬられるような心地だろうに、それが新たな皇帝について語るものならば、なおのこと、胸がざわつくはずだ。妙もまた唇をかみ締め、予言を延々と繰りかえす老巫官と群がる民衆を眺めていた。

◇

摂政という妙の策で星辰の支持者の離脱は避けられるかと思ったが、残念ながら、そう順調にことは運ばなかった。

気候は日を重ねるごとに暑くなり、庭ではいよいよ夏の花が盛りを迎えていた。

夏の花は咲いている時期が短い。芙蓉《ふよう》も百日紅も朝に咲いては夕に散る。女官たちは箒《ほうき》を握り締めて、庭掃除にかけまわっていた。妙もまた朝から廻廊の掃き掃除にかりだされている。

「でも、ほんとにいいのかしら。新たな皇帝もきまっておられないのに」

「いいのよ、崩御されてから一年は経ったんだから」

通りがかった妃妾たちが噂をしているのが聞こえ、妙は箒を動かす手をとめた。

「八年に一度のお祭りだもの」

「大陸諸国の商人が星の都に集まって、選りすぐりの希少な品を販売するんでしょう？

ああ、私もいきたかったわぁ」

商いの祭典である夷祭《えびすさい》の開催がきまったのだ。

夷祭りは同盟が締結されたことを祝って催された祭りが、恒例となったものだ。

国際交流を経て親睦《しんぼく》をはかる祭典だが、現実には財力や技術などを競い、顕示《けんじ》するという意味あいが強い。商幇が国の威信《いしん》を懸けて希少な品々をそろえるのはもちろん、星の都に各国から観光客が押し寄せるため、商人はこぞって商売に熱をいれる。

妙は無意識にやばいなとつぶやいていた。

今頃は累紳のもとにも報せがきて、妙と同様に眉を曇らせているに違いなかった。


…………


「政にたいする商人の動きが完全に鈍化した」

その晩、妙に逢いにきた累紳は開口一番に言った。妙は石段に腰かけて屋台の焼き鳥を食べながら「でしょうね」とため息を洩らす。

「錦珠派の高官が開催をきめたそうだ。おおかた、これが狙いだったんだろう」

「商人たちが商いを優先するのはまあ、当然ですからねぇ」

だが、ほんとうにそれだけなのか。

皇帝不在の時期に国際規模の祭りを開催するのは、通常ならば避けるべきことだ。これは喪《も》に服《ふく》す、という意味ではなく、国内外の統制の問題だ。現在は錦珠派にも星辰派にも属さない朋党《ほうとう》により政界の秩序が保たれているが、空位期が長期化するほど内部から分裂する危険をともなう。とくに出入国が盛んになる祭典の時期は、他国と密約を結んで利を得ようとする一部の官僚や密輸を画策する商帮らの取り締まりが難しくなる。

それを押して開催を進めたということは、商人の気を逸らすばかりではなく、ほかの目論見があるはずだ。

「二兎《にと》を追うものは一兎をも得ず、と昔からいいますが、実際は一兎を得たものは二兎をも得るものです。それくらいの気概がなきゃ、一兎も取れません」

累紳が狙いか、と考えこむ。

「経済、貿易……おおかた、そのあたりだろうが」

食べ終えた焼き鳥の串をかじりながら、妙が考えを廻らせる。

密輸の危険、か。

「案外、これが本命かも」

「わかったのか」

なんとなく、ですが、と妙が言った。

「都への輸入が相つぐなかで、大きな荷物が輸出されていたら、ご注意ください」

盛んになる物流に紛《まぎ》れこませて、なにかを秘密裏に動かそうとしている可能性がある。

「わかった。すぐに連絡して、監視させよう」

貨物の通関を管理する部署に知りあいがいるため、公の手順を踏まずに都から輸出入されるものがあればすぐにわかると累紳は言った。

「さすがですね」

累紳は後宮で暮らしているとは思えないほどに人脈が広い。それもまた彼の努力の賜物《たまもの》だ。彼が候補であれば、どれくらいの支持があっただろうと妙は想像する。実際に今後宮廷占星師の予言が覆ったら、彼を皇帝に、と声をあげるものは大勢いるだろう。

「それにしても予言、かぁ。……都で聞いたあの予言、宮廷巫官の神託でまちがいなかったんですよね」

陽を統べ、随える者が新たな皇帝になる、というあの奇妙な予言は、すでに都にとどまらず後宮にも拡がっている。錦珠のことだというものもいれば、星辰だというものもいた。

「どうとでも捉えられる微妙な神託だからな」

「易占《えきせん》とは得てして、そういうものですから。恐怖の大王が降ってくる、とかね……わわっ、いいんですか、ごちそうさまです！」

「なんか物足らなそうだったからな」

串を弄《もてあそ》ぶ姿が名残惜しげに感じられたのか、累紳が焼き鳥を追加してきてくれた。焼きたての鶏ももをかじりながら、妙が続ける。

「ただ、ここまで宮廷巫官の神託が公にされるのはめずらしいですよね。累紳が禍の星に産まれついたことなんか、都の人たちは知りませんもん」

「俺の星については宮廷外、後宮外では箝口令《かんこうれい》が敷かれたからな」

累紳が苦々しく笑った。

「だが確かに噂の拡がりかたが尋常じゃない。そもそも都の町角で神託が広報されることはめったにない。新たな皇帝についてのことだから話題になっているのかもしれないが」

「誰かが故意に噂を拡げようとしているような――どうにも、きな臭さを感じますね」

予言を拡散する狙いはなにか。考察しつつ、妙は黙して語らぬ夏の星を睨む。

やたらと真剣だが、焼き鳥をくわえているのでどうにも締まらない。そんな妙をみて、累紳がくすりと笑い、頭をなでた。

◇

「ちょっ、いきなりですか、累紳様」

物陰から袖をつかまれ、裏路地に連れこまれた妙は非難の声をあげた。

「逢引みたいで、なかなかに刺激があるだろう」

「別に刺激とか要らないんですけど」

ふつうにびっくりする。

「仕事が終わるまで待ってられなくてな。あんたの職場にいってもいいんだが、俺と親しいことはふせておきたいんだろ？」

「うぅ、そのお気遣いは助かりますけど」

ただでさえ先輩女官から「錦珠様となにがあったの」「ご寵愛なの」と散々問い詰められて辟易《へきえき》しているのだ。累紳との関係まで噂されては堪ったものではない。

「あんたの読みは外れないな。あたりだった」

「……例の密輸ですか」

累紳は声を落としていう。

「ああ――武器だった」

物騒な言葉に妙が瞳を見張る。

「正確には大砲だな。大陸の北部でふたつの小国が争っているのは知ってるか」

「いやあ、遠いところの話はいまいち、わかんないですね」

民衆が対岸の火事に関心を持つのはその火の粉がこちらに降りかかってからだ。言うまでもなく、妙もそんな小市民のひとりだ。

「争っているのはどちらも星の同盟国でな。星は同盟国同士の争いにはいっさい関与しないという条約を結んでいる」

「ふむふむ、よけいな揉めごとを避けるためですね」

「そう、経済支援も武器提供および販売もしないという規約だ。だが、昨晩星の武器庫から運びだされた武器を一方の国に密輸出していた現場を捉えた。監視していた者いわく、他国の将軍と取引をしていたのは錦珠だったと」

「わお、……これって錦珠様を失脚させるネタになりませんかね」

妙が悪い顔をする。累紳は苦笑した。

「錦珠どころか、星の信頼にかかわることだからな……公表は難しいだろう。それに俺の配下が目撃したというだけでは、証拠としては弱すぎる」

「残念」

真昼の裏路地を野良猫が通っていく。それを視線で追いかけながら累紳が「だが、解《げ》せない」と洩らす。

「錦珠が皇帝になったあと、同盟を破棄して戦争を起こす魂胆ならば、他国に武器を譲るようなことはしないはずだ」

「錦珠様ご自身と錦珠様を支持する強硬派の考えはまた違うのかもしれませんね。——武器ってお高いんでしょう？」

妙が親指と人差し指を輪にして、おカネを表す。

「五億は下らないな」

そこまで言って、累紳は妙の言わんとしていることを理解したらしい。

「それだけの額が動いたということはその金がどこに動くのかが重要、か」

「そういうことです」

「よし、引き続き、調査と監視を続けよう」

そのときだ。町のほうから声がした。

「妙！　どこにいったのよ、もうっ」

先輩女官だ。妙は猫耳のような髪をびくんと逆だてて、振りかえる。

「やばっ、おつかいを頼まれてたんだった……いってきます」

「……なあ、あんたさ」

累紳が後ろから声をかけてくる。

「第一皇子つきの女官にならないか？」

藪《やぶ》から棒になにを言いだすのかと妙は瞳をまるくした。

「そうしたら、逢いたいときに逢えるだろう。それに俺だったら、夏にあかぎれができるほどに働かせたりはしない」

妙はとっさに女官服の袖で指を隠す。庭の清掃やら洗濯やらで無理をしすぎて手荒れをおこしていたのだが、累紳がそんなところに意識をむけているとは予想外だった。妙は下級妃妾が何人も暮らす宮に勤めているため、毎日それなりにはいそがしいが、悪い職場ではないのだ。……有給休暇はめったに取れないが。

「今の職場、結構好きですから」

笑顔で返事して、妙はどたばたと先輩女官のもとに戻る。

「どこいってたのよ！」

頬を膨らませる先輩女官に妙は「すみません、野良猫がいたので」と言い訳して、馬が運ぶほどの重い荷物を「よっこいしょ」と担いだ。

職があるのはいいことだ。

都では女子どもはなかなか職がない。妙の姐が娼妓《しょうぎ》になるほかなかったのも、どこにいっても、女は職をもらえなかったからだ。だから働けるだけで妙は有難い。

（昼の賄いもうまいし！）

夕がたは久々に占い師稼業でもやって、おやつ稼ぎでもしようかなと考えながら、妙は先輩と一緒に猛暑の帰り道をたどっていった。

◇

十日振りの占い商売は大繁盛だった。

「久しぶりに占い師さんにみてもらえてよかったわぁ」

「なんか、心強いのよね」

結果はどうであれ、占い師の言葉というのは人に安心感を与えるものだ。客の欲しい言葉を選んで喋るのだから、あたりまえとも言える。疲れた様子の人には日頃からよく頑張っておられますねと声をかけ「努力は報われますよ」とでも言ってあげれば、ちょっとは気分が晴れる。あとはちょっと良いことがあったときに想いだして、占いどおりだったと実感してもらえたら、大成功だ。

客は続々と行列をなして、一段落ついたときには夏の星が天を飾っていた。

提燈を揺らす風は蒸し暑い。もらった饅頭《マントウ》や包子《パオズ》は今晩のうちに食べてしまわないと傷みそうだ。

（こんなに食べられるかな……いいや、食べてみせよう、食いしん坊占い師の意地にかけて！）

心のなかで誓いを掲げていたところで声をかけられた。

「占い師様のお噂を頼りに参りました。もう終わってしまわれたのでしょうか」

白髪を結わえた老女だった。

（めずらしいな）

後宮では五十をすぎた老人を見かけることはない。

妃妾にも女官にも年季がある。年老いても後宮におられるのは女官を統べる命婦という役職のものだけだが、老女の服は命婦の制服とも違っていた。

「まだやっておりますよ。こちらにどうぞ」

鏡がわりの鍋の蓋を取りだして、妙は占い師らしく振る舞う。

「ああ、たいへんなご事情を抱えておられるのですね。ずいぶんとお辛い思いをなさってきたのでしょう」

（知らんけど）

老女は涙ぐむようにしわだらけの眼もとを歪め、頭を低くさげた。

「わ、私の命運を、視《み》ていただきたいのです……これからさき、どうなるのか」

老女は身を縮め、しきりに視線をさまよわせていた。心理などつかわずとも、強い恐怖心、緊張が読み取れる。ときどき足が震えるほどに怯えているところから推察《すいさつ》すれば、日常的に暴力や虐待《ぎゃくたい》を受けているのではないかと妙は感じた。

これはてきとうな受け答えをするわけにはいかなそうだ。

妙は背筋を伸ばして、聞くものに安心感を与える落ちついた声音で語りかけた。

「残念ながら、このままでは、貴方様がご想像なさっているとおりの結果となるでしょう。ですが、そこから抜けだして、助かる術もまた貴方様はすでにご存じなのではないでしょうか」

後宮といえども、妃嬪から暴力を振るわれた女官、命婦が身を寄せられるところはある。妙は言外《げんがい》にそう示唆《しさ》したのだが。

老女は息をのみ、すがるように尋ねてきた。

「私は、死にますか？」

「へ」

不吉すぎる言葉が飛びだして、妙はぽかんとなる。

「死ぬとしたら、どんなふうに――死刑ですか。それとも、殺されるのでしょうか。教えてください。貴方様のような特別な御方には死に際が視えるのでしょう？」

いつだったか。

姐が哀しげにつぶやいていた。

私にはさきのことが視えるけれど、いちばんよく視えるのは死なのよ、と。

それを聞いたとき、いつでも微笑みを絶やさない姐の心にある絶望を感じて、妙は胸を締めつけられたのだった。

「貴方、易月華《イーユエファ》を知っているんじゃないですか？」

妙が思わず問いかけると、老女はさあと青ざめた。

「ち、違います、知りません、私は知りません……」

うわごとのように繰りかえしながら、老女はひとつ、またひとつと後ろにさがる。妙が身を乗りだすが早いか、老女は逃げだした。

「待ってください！　待てって！」

妙が老女を追いかける。

後宮の大通りが最も混雑する時間帯だ。雑踏を掻きわけて追いかけたが、老女の姿は縺《もつ》れるような群衆のなかに紛れてしまった。どこにいったのかと懸命に捜していると、燃えるような紅が妙の視界に飛びこんできた。

「累紳様！」

累紳が振りかえる。

彼は妃嬪たちを連れていたが、妙の声から異常事態だと感じたのか、彼女らをおいて妙のもとにかけつけてくれた。

「なにがあった、そんなに慌てて」

「おばあさんを捜してまして！　姐のことを知っているかもしれないんです！」

「後宮で、老女ね……命婦か？」

「官服ではありませんでした。総白髪で、緑と黄の絹の服で……」

「さすがにこの混雑ぶりだと捜すのは無理があるな。だが、そうだな。屋頂からだったら、見つかるかもしれない」

累紳はひょいと妙を担ぎあげた。戸惑っている妙を荷物でも運ぶように肩に乗せて、彼は軒から屋頂にあがる。

「累紳様って身軽ですよね、……猿みたいに」

「ほかにもっと、いいたとえはなかったのか……いたぞ」

高いところから見渡せば、都の町角をさまよう白頭を捜しだすことができた。通りは人に埋めつくされているので、屋頂を渡って老女のもとにむかう。

屋頂から降ってきた第一皇子をみて、老女は悲鳴をあげ、腰を抜かした。

累紳は尻もちをついている老女の姿を確かめて、眉を寄せる。

「貴女は確か、錦珠の乳母《うば》だったな？」

老女は相手が累紳だとわかるなり泣き崩れて、震える腕を伸ばしてきた。

「累紳様、助けてください……」

「助けてくれというのは貴女のことを、か？　詳しい事情を教えてくれるのならば、貴女の身柄を保護することも可能だが」

「錦珠坊ちゃまは……取りかえしのつかないことを。ああ、私にはどうすることもできず、……お許しを……」

「錦珠？　錦珠がどうしたんだ」

よほどに取り乱しているのか、老女の言葉はどうにも要領を得なかった。老女は洟《はな》を啜《すす》りながら縋りつき、哀願の声を洩らす。

「どうか、錦珠坊ちゃまをとめてください」

雨垂れがぱつんと軒端で弾けた。あれだけ瞬いていた星が不穏に掻き曇り、月が遠ざかる。

再び、夏の嵐がせまっていた。


…………


累紳の宮はいつ訪れても寂寞《せきばく》としている。

北側の日陰にあるためか、夏だというのに殿舎のなかを吹き抜ける風は肌寒かった。

錦珠の乳母から詳しい話を聞くため、場所を移すことになった。雨は本降りになり、屋頂の瓦をたたき続けている。累紳が淹《い》れてきてくれた茶を啜って、錦珠の乳母は幾分か落ちついたのか、細く息をついた。

皇子の乳母は母方の外戚から選ばれる。彼女も例外ではなく、続柄としては錦珠の大叔母にあたるのだとか。

「まずは、この事をお伝えせねばなりませんね――」

意をけっしたのか、乳母が沈黙を破って語りだす。

「皇帝陛下に毒を盛り、暗殺したのは錦珠坊ちゃまです」

「ああ、そうだろうと思っていた」

思い設けていた現実を、累紳は静かに受けいれる。

「そう、ですか。……累紳様には敏腕の占い師様がついておられますから、すべてを看破《かんぱ》されているのも得心がいきます」

乳母が頭を垂れる。

妙はため息をつきそうになった。

(いや、どんだけ占い師万能だと想ってんだよ。神かよ。あ、そうか、占い師って神懸かってるんだっけ……)

占い師にたいする幻想というか、妄信めいたものを感じて、妙は辟易する。とくに第一皇子お抱えの、とか、宮廷の、といった後ろ盾があれば、誰もがそれを疑わない。これだから、累紲も占星師の言葉ひとつで廃嫡になったのだ。

「錦珠坊ちゃまも占い師……正確には、予言者だと言っておられましたが、神妙なる御力を持つ姑娘《むすめ》をかこっていました」

妣のことに違いないと妙が息をのむ。

「その姑娘について、詳しく教えていただけますか」

「はい。確か、五年ほど前だったでしょうか。錦珠坊っちゃまが都から突如、ひとりの姑娘を連れてきました。彼女は特別だと言って」

「それは、易月華という姑娘ではありませんでしたか」

妙がたまらず尋ねれば、乳母は「仰るとおりです」と首肯した。

積年の想いがこみあげて、妙は瞳を潤ませる。

ずっと捜し続けていた。辛いときも嬉しいときも、妣のことを想わなかったときはなかった。やっと、妣に逢えるのだ。あるいは今が幸せならば、遠くから姿をみるだけでも構わないと。

もう一度だけ、あの微笑に逢えるのならば。

「妣なんです。彼女はげんきですか、お腹とか減らしていませんか」

「……それ、が」

乳母が不意に言葉を詰まらせ、瞳をふせた。

強烈にいやな予感がして、妙が頰を強張らせる。

「なにか、あったんですか」

聞きたくない――碌《ろく》でもない現実が待ち受けているとわかっていながら、妙は確かめずにはいられなかった。

「月華様は一年前、命を落とされました」

鈍い衝撃があった。

後ろから頭を殴られたような。あるいは底のない穴に落とされるような。

「う、そ……ですよね」

声の端々が震えていた。

視界が昏《くら》くなって、激しい眩暈《めまい》に見舞われた。身を乗りだそうとしてよろめいた妙を、累紳が後ろから支えてくれた。

「姐さんが、……死んだなんて、そんな……な、なんで」

「……順を追って、語らせてください」

乳母は涙をこぼして額を床にこすりつけた。

錦珠は月華を都から連れてきてから、宮の扎敷《ざしき》に監禁していた。監禁といっても、待遇は妃妾と同等か、あるいはそれよりも恵まれていた。乳母は食事を含めて月華の身のまわりのことをまかされ、また月華が望む物があればなんでも与えるよう、錦珠からは命令されていたという。

「そうはいっても、月華様は屋頂のあるところに暮らせれば充分に幸せだと微笑まれて、なにも望まれませんでしたが……ああ、でも都にいる妹さんのことはずっと気にかけておられました」

　月華はときどき予言をしては、錦珠に報告していた。月華は字が書けなかったので、毎度口頭で視えたものを事細かに語っていたそうだ。

　敵の軍が北部から侵攻してくる、南部で地震がある――錦珠はそれを受けて、先んじて軍を動かしては被害を抑え、民を救助した。

　月華のことは秘匿《ひとく》されており、すべては錦珠の功績となっていたが、月華はいっさいの不満をいだくことなく、むしろ人々を助けられたことを純粋に喜んでいた。

「それだけで終わっていれば、どれほどよかったでしょうか」

　だが、昨年の春、月華がある予言をしたのだ。

　皇帝陛下が毒殺される――と。

　満月の晩、食後に茶を飲んだ皇帝が血を喀《は》き、命を落とすところを視たのだと。

　皇帝陛下は百種の茶杯からそのときどきに違った杯を選び、茶をそそがせる。毒殺を避けるためだ。錦珠は皇帝陛下がどんな茶杯を選んで毒を飲まされたのかを事細かに聞きだした。月華は錦珠が皇帝陛下を助けてくれるものだと疑わなかった。

「だが、錦珠の真意はそうではなかった、ということか」

　累紳が低くつぶやいた。ほんとうは、錦珠こそが皇帝暗殺を策していたのだ。錦珠は予知された茶杯の底に毒をぬり、皇帝を毒殺した。

「錦珠坊ちゃまは、幼少の頃から毒を調合するのがお好きでした。鳩やねずみ、うさぎなどをつかまえては毒を飲ませ、息絶えるのを観察するのを娯楽となさっていたのです」

「悪趣味にもほどがあるな」

「ただ、坊ちゃまの憂《う》さを思えば、致しかたないとも」

乳母は沈痛な面持ちになる。哀れみが滲んだ。

「錦珠坊ちゃまはお母君から一度たりとも褒められることもなく、お育ちになったので」

累紳が信じられないとばかりに声をあげる。

「錦珠は福の星のもとに産まれたはずだ。俺とは違う。妃が、錦珠を冷遇する理由はないだろう」

「福の星に産まれついたからこそ、です」

乳母は視線をさげ、言い難そうに続けた。

「累紳様が禍の星にお産まれになったことで皇后様は離宮に移され、妃様はみずからが皇后になれるものと確信しておられました。ですが、その望みがかなえられることは、ございませんでした――累紳様はご存じのはずです」

「ああ、……皇帝は、俺の母親を皇后から降格することはなかった。難産で、新たな御子を望めない身になっていたにもかかわらず、だ」

皇帝は累紳の母親を愛していたのだ。

「妃様はたいそう憤られ、そのお怒りはあろうことか、錦珠坊ちゃまにむけられました。

失敗すれば、役たたずと言って折檻《せっかん》をし、努力をなさって成功されても、皇帝になれなければ意味がないと頬を張り――」

乳母は涙ぐみ、言葉の端を濁らせた。

「十三年前、皇后様が儚《はかな》くなられてからは、ますます酷くなって」

「皇帝が新たな皇后を迎えなかったからか」

「ご推察どおりです。妃様はご乱心され、陛下を毒殺してでも皇帝になれ、と錦珠坊ちゃまをたきつけるようになりました」

累紳が顔をしかめた。

「……確か、錦珠の母親は病死だったか」

「左様です。医官は肺病だと診断しましたが、皇帝陛下の件があってからは……妃様も錦珠坊ちゃまに毒を盛られたのではないかと疑っています」

話の軸がずれてきた。累紳が本題に戻す。

「月華はなぜ、死んだんだ」

「……錦珠様が突如として月華様を斬り、御命を奪ったのです」

にわかには信じられない話に累紳が眉をひそめた。

「なぜだ。それだけ有能な予言者を殺すなんて、錦珠にとっても大きな損失だろう」

月華は監禁されていた。抜けだして外部に告発したとしても、彼女のような後ろ盾のない女の証言を信じるものはいない。口封じで殺すとは考えにくかった。

「……あの晩、なにがあったのかは、私にはわかりません。夜更けに月華様の悲鳴が聴こえ、慌てて房室にむかうと、錦珠坊ちゃまが血に濡れた剣を握り締めてぼうとたたずんでおられ……側にはすでに息絶えた月華様が」

心神喪失したように黙り続けていた妙がひくりと喉を跳ねさせた。

「錦珠坊ちゃまは『掃除をしておいて』とだけ言って、何処《どこ》かにいってしまわれて。月華様の亡骸《なきがら》をどうすればよいのか、なやんで、なやんで、宮の裏にある古井戸に投げこんで……お許しください」

良心の呵責《かしやく》に堪えかねたのか、乳母が泣き崩れた。

「錦珠坊ちゃまを、どうか制《と》めてください……それができるのは累紳様のほかにはおられません」

錦珠は人を殺すことにためらいがない。

仁徳なきものが皇帝となれば、いかなる悪政が敷かれるか。想像するだに恐ろしいと乳母は身震いして、累紳に哀訴《あいそ》する。

「わかった。そのかわり、貴女には密偵になってもらう」

「承知いたしました。罪を償えるのでしたら、命は惜しみません……」

妙はふたりの声を遠くに聞いていた。水の底に響いているみたいに声がひずみ、段々となにを喋っているのかも理解できなくなる。胸を締めつけるような息苦しさから逃れようと妙は椅子をたち、ふらふらと廻廊にむかった。

風にあたれば、気分が落ちつくだろうかと思ったが、いっこうに収まらなかった。妙は降り続ける雨のなかに踏みだす。雨の雫が妙の頰を打ち据えた。

「……妙、濡れるぞ」

追いかけてきた累紳が静かに声をかけてきた。

妙は振りかえらなかった。ただ、ぽつとつぶやいた。

「姐はやさしいひとでした」

「……ああ」

累紳は静かに肯定だけをかえす。

「損ばかりしてきたひとでした」

「ああ」

「つらくても、かなしくても、いつだって微笑んでばかりいて」

「ああ」

「幸せになるべきひとだった」

「ああ」

「やっぱり、神サマなんか碌なもんじゃない」

言葉の端が涙で滲んだ。

たえきれずにしゃくりあげて、妙は肩を震わせる。声をかみ殺して、妙は嗚咽《おえつ》する。華奢な背が壊れそうなほどに軋む。

「……こらえなくていい」

背中ごしに感じる彼の体温が、ひどくやさしかった。

累紳が後ろからそっと妙を抱き締めた。哀しみに寄り添うように。

「累紳、様」

強くならないと。どんなときでも、笑顔を絶やさずに頑張らないと。そう言い聴かせて、張りつめてきた妙の心が、ひとつ、またひとつと弛《ゆる》み、ほどけていった。

「う……ううっ、ああああぁぁ……」

あふれだす涙は雨の雫に紛れても、湧きあがる悲しみはつきない。妙は声をあげ、累紳の腕のなかで泣き続けた。

◇

あれから、七日経った。

洗濯物を取りこんでいた妙は、梔子《くちなし》の垣根の後ろでゆらめいた紅に視線をとめる。累紳だ。彼は他の女官たちがいないことを確かめてから、妙の様子を覗《うかが》うように姿を現した。

「累紳様、そうしているとなんか、あやしいひとみたいですね」

妙が笑うと、累紳は安堵したように頬を緩めた。

「よかった」

「にゃはは、私はいつもどおりですよ。……ご迷惑をおかけしました」

照れて頬を掻きながら、妙はあの晩のことを想いだす。

彼女が泣きやむまで、累紳は濡れながら寄り添い続けてくれた。ありふれたなぐさめをかけるでもなく、ただ、傍に。それだけのことがどれほど心強かったか。姐の死から立ち直れたのは累紳のおかげだ。

累紳はしばらく言葉もなく、妙を見つめ続けていたが、照れくさそうに視線をはずして本題に移る。

「調査の結果なんだが」

累紳は錦珠の乳母に依頼して、錦珠が所有している金銭の動きを調査させていた。

乳母は錦珠が書架《しょか》に隠していた裏の帳簿を書き写してきてくれた。確認すると、武器を販売して得たと思われる多額の金がまるごと欽天監に振りこまれていた。

「欽天監といえば、天文観測の部署ですよね。確か、占星師がいるところでしたっけ」

妙が考えこむ。武器を密輸してまで、錦珠が欽天監に資金を提供する魂胆とはなにか。

例の予言が頭をよぎった。

「日輪をも統べ、随えるものが新たな皇帝に――というあの予言ですが、なんらかの天文現象を表しているのではないでしょうか。民が天意をみる、というのもそれっぽいですし」

「天意か。そういえば、皇帝というのは天意に基《もと》づいてきまるものだと教えられたな。天の意に背いて皇帝をさだめれば、神が警告として禍をもたらすと。まあ、実際は支持率できまるわけだから、建前みたいなものだろうが」

こうした思想が根づいているため、占星は宮廷において最重視されてきた。

「でも、実際に星の動きが地変をもたらすことは、そうそうありません。満月の晩には潮が満ちるとか。そのくらいですよ。火星が黄道《こうどう》に留まると戦火が熾《おこ》るなんていわれますが、争いなんか大陸では絶えまなく続いていますからね」

妙は抱えていた洗濯物をおろしてから、続ける。

「人は、物事を関連づけて考えるのが好きです。とくに理解できない偶然が重なったとき、関係のないはずのふたつの要素をつなげて考えようとする癖《くせ》があります。認知の歪みのひとつなんですけど」

「例の、認知の歪みか」

「たとえばですね、屋頂にカラスがとまって鳴き続けていたとします。その晩に火事があったら、カラスが禍を連れてきたんじゃないかと考える――迷信っていうものは、こういうふうにできていくんですよ」

「へえ、そういうものか」

「それが心理ですから」

妙がにっと唇の端をもちあげる。

「星の異変ともなれば、その効果は絶大です。皇帝即位のときに天変が起こったら、民は確実に天の意だと受けとめます。ほんとうは皇帝とはいっさい関係がなくても」

「天文現象が起こる日時を推測、いや確実に計算させて、自身がさも星を動かしたかのように振る舞い、天に選ばれた皇帝だと民に誇示する――それが錦珠の策か」

「だと思います」

これまでとは違い、妙の眼には錦珠を皇帝にしてなるものかという強い意志が滾《たぎ》っていた。錦珠の野望を砕くことが最大の復讐だ。

「ね、横取りしちゃいましょうか」

悪巧みする猫みたいに、妙が累紳にささやきかけた。

「豪商さんに連絡は取れますか？　夷祭に出品される予定がないのに、莫大な額で輸入された品がないか、探してください。さらに高額で差し押さえちゃいましょう」

それを餌に釣るのだ。

「豪商さんには、後から三倍は儲けられるから、前借りさせてほしいとでも言っておいてください」

「ほんとうにできるのか？　武器の金額からして、とんでもない額になりそうなんだが」

頬を強張らせる累紳にたいして、妙は胸を張る。

「どおんと、まかせてください！」

敵が手段を選ばないのならば、こちらも常識に縛られている場合ではない。何億でも払ってやろうじゃないか。

（私の財布からじゃないけど）

ちなみに妙の財布は給料日前なので、すっからかんだ。

「こりゃ、大物が釣れますよ。楽しみですねぇ」

◇

うす暗い都の路地を、猫背の占星師が歩いていた。

彼は旻旻《ミンミン》という。旻旻は第二皇子からの依頼で水運儀象台の製作を進めていた。これまでの天体観測という概念を根底から覆すような大発明だ。第二皇子が提供してくれた資金のお陰で、製作は順調に進んでいた。

だが、最終段階にきて、不測の事態が起きた。

「こんなことが錦珠皇子にばれたら、どうなるか……ああ」

旻旻は呻《うめ》きながら、頭を掻きむしる。

発注していた品物が入荷できなくなったと、商人から連絡がきたのだ。

頼んでいたのは水晶の鏡片《レンズ》だった。これは水運儀象台を造るのに最も必要な部品である。星には純度の高い水晶を研きあげて鏡片にするだけの技巧はなく、わざわざ遠い砂漠の都から取り寄せた。

だが、調べたところ、品物そのものは都まで運ばれてきていたことが判明した。横流しされたわけだ。

約束が違うじゃないかと旻旻は商人を糾弾した。

商人は窮《きゅう》して、三倍の値で購入してくれる客がいたのだと洩らした。

商売は信頼関係が要《かなめ》だ。だから、それが一般の客ならば、損だとしても取り寄せた旻旻を優先するつもりだったが、昔から結びつきの強い豪商の頼みとあっては、断りきれなかった。商人の結束は固い。無視しては今後、商売を続けられないと。

秋までにはかならず、取り寄せると言っていたが、それでは到底間にあわない。旻旻は怒りを通り越して、青ざめていた。

錦珠に報告したら、確実に物理で首が飛ぶ。

錦珠は物腰がやわらかく慈愛に満ちているかのように振る舞っているが、実は苛烈《かれつ》な男だ。いつだったか、錦珠に連絡を怠った占星師がいた。翌朝には彼の邸《やしき》は火事になり、妻子は焼け死んだ。

いっそのこと、荷をまとめて夜逃げをするか。

そこまで考えるほどに旻旻は追い詰められていた。

そんなときだ。彼のもとに密書がきた。

あなたの欲している品物を渡そう。そのかわり、条件があると。

どれだけ疑わしくとも、誘いに乗らないという選択肢は旻旻にはなかった。

都の裏通りには街燈《がいとう》もなく、人も絶えて静まりかえっていた。ただ、かすかに饐《す》えた臭いが漂ってくる。裏に墓地があるせいだろうか。

「きてくれると思っていたよ、占星師」

振りかえれば、紅の髪をなびかせた男がたたずんでいた。

旻旻は度肝を抜かれる。

「なっ、なんで累紳皇子が」

動揺する旻旻にたいし、累紳は懐から鏡片を取りだして喋りだす。

「まずは教えてもらおうか。錦珠はこれをつかって、なにを観測しようとしている？」

「そ、それは……」

機密事項だ。他言したとばれたら、斬首どころか、族誅されかねない。

累紳は「そうか、残念だ」と言って、高々と鏡片を掲げた。

「落としたら、確実に割れるだろうな」

旻旻が顔をひきつらせた。

「に、日蝕《にっしょく》です。昼に日輪が陰るという天文現象が観測されます。ですがその日時の計算をするためにその水晶の鏡片が必要で……」

腑に落ちたと累紳は眼を細めた。

「約束どおりに鏡片は渡そう。だが、計算できたら、こちらにも日蝕の日時を渡してもらう。それが条件だ」

「そ、そんな……ば、ばれたら、私は……」

「ばれなければいいだけだ、そうだろう？」

累紳はいっそ、さわやかに笑った。

旻旻は考える。こんな誘いに乗っては、地獄までまっさかさまだ。それならば、まだ錦珠に連絡して、寛大に彼が許してくれることに賭けたほうが——わかっているのに、旻旻は頭を横に振ることがどうしてもできなかった。

「貴公は占星師でありながら、発明家でもあるそうじゃないか」

累紳がひとつ、踏みこんできた。

旻旻の瞳を覗きこみ、心理の裏を暴きだす。

「錦珠からの依頼でもあるだろうが、貴公は頭のなかで組みあげた理論、設計した物を実現したいという欲がある——違うか？」

旻旻は否定できなかった。そのとおりだったからだ。

水運儀象台の最大の特徴は望遠鏡がついていることだ。

膨らんだ鏡片とへこんだ鏡片を組みあわせることで、遠天にある星々が至近に観《み》えるというのが旻旻の提唱した理論だった。他はできあがり、あとは鏡片で望遠鏡を造れたら水運儀象台は完成する。

「理論どおりに星が観測できるのか。あるいは……実際に造ってみないと、立証はできないな。まあ、どちらにせよ、日蝕が観測できるのはこの夏だけだ」

旻旻の喉がごくと動いた。

「俺はこれを割っても、構わないが」

累紳は終始、微笑を絶やさなかった。声を荒らげることもなく、欲望を抉りだして脅しをかける。

「貴公はそうじゃないはずだ」

「っ……わかりました」

旻旻が屈服するように声をあげた。

「情報はかならず、ご提供いたしますから……鏡片を」

「賢い選択だな。約束を破ったら、貴公が俺に日蝕のことを教えてくれたと錦珠に報せる。錦珠のことだ。貴公を処刑するだけでは収まらないだろうな」

それは、ほかでもない旻旻が最も理解している。

「誓います」

「わかった。俺も約束は違えない。安心してくれ」

旻旻に鏡片を渡して、累紳は背をむけた。遠ざかる後ろ姿を眺め、旻旻は今頃になって思い至る。この第一皇子は護衛も連れずに交渉にきたのだと。

錦珠だったら、こんな浅はかなことはしない。使者を差しむけるか。旻旻を拉致して縛りあげてから交渉をはじめるだろう。

旻旻が錦珠に事の経緯を報せ、兵隊をひき連れて待ちかまえていたら、累紳はどうするつもりだったのか。皇子とは想えないほどに考えなしだ。あるいは危険だと理解していながら、身ひとつでやってきたのか。

約束は破らないという誠意を表すためか。

「はは、すごいひとだ……」

膝から力が抜けて、旻旻はへたりこむ。

旻旻は政にも皇帝というものにも関心がなかったが、皇帝の器とは、彼のようなものを言うのかもしれないと思った。

◇

「これ、なんですか」

累紳から渡されたものをみて、妙はぽかんとなった。

「日蝕の日時だそうだ。はは、やられたよ」

累紳がため息をついた。

占星師である旻旻は累紳との取引に応じ、水晶の鏡片《レンズ》と引き換えに情報を渡してくれた。

だが、旻旻から渡されたのは、難解な計算式が書かれた紙だった。

「私は無知なもんで。鰻《うなぎ》が絡まってるか、拉麵《ラーメン》をかき混ぜてるか、そういう絵にしかみえないんですけど」

「安心してくれ、俺もだ」

どうみても暗号だ。素人《しろうと》に読解できるものではない。

「いやがらせじゃないですか！」

「かといって、約束を反故《ほご》にされたわけじゃないからな。責めるに責められない」

累紳がひらひらと紙を振った。

みているだけでも頭痛がしてきて、妙は窓に視線を移す。

累紳の庭では蒲公英《たんぽぽ》、菫《すみれ》、露草《つゆくさ》、月見草《つきみそう》が夏の日差しをあびて咲き群れていた。俗にいう雑草だが、荒れた土地に根を張るさまは力強く、それなりに庭を賑わせてくれている。

思いかえせば、妙が真昼から累紳の宮を訪れたのはこれがはじめてだった。

「休日にまで呼びだして、すまなかったな」

「とんでもないです。ただ、これはちょっと、私ではどうしようもないといいますか……うっぷ、みてるだけで気分が」

「さすがに占星師の知りあいはいないからな。どうしたものか」

ふたりして、首をひねっていたところ、風もないのに、軒端《のきば》にさげられた風鈴がちりちりと音を奏でた。累紳がかすかに警戒を滲《にじ》ませて、腰をあげる。

「誰だ」

「あの、星辰です」

絽《ろ》の外掛《そとがけ》を羽織った星辰が顔を覗かせた。累紳が緊張を解く。

「連絡もなく、訪れてしまい……ご迷惑だったでしょうか」

「そんなことはないさ。遠慮なくあがってくれ。とはいえ、こんなところまできて、よかったのか？　抜けだしてきたんじゃないだろうな」

　星辰の宮からここまで、累紳ならば余裕をもって徒歩で通えるが、星辰が猛暑のなかで歩き通すには遠すぎる。

「だいじょうぶです、母様からお許しをいただき、馬車に乗って参りました。皆様のおかげで、ずいぶんと体調が落ちついてきたので。あれ？　それは……」

　累紳は「なんでもないんだ」と卓に拡げていた書紙を折りたたもうとしたが、星辰は興味津々に覗きこんできた。

「占星ですか？　星の周期を計算したものですよね」

　累紳と妙が同時に瞳を見張り、星辰をみる。

「わかる、のか？」

「だ、だって、星辰様！　これ、鰻ですよ？　いや、鰻ではないですけど、ほぼ鰻というか！」

　妙は星辰の肩をつかみ、書紙を指さす。ゴキブリでもいるみたいな剣幕《けんまく》だ。星辰は瞬きをして、再度書紙に眼を通した。

「日蝕の周期、でしょうか。ええっと、この計算だと夏の終わりに日蝕があるんですね。ここの方程式を解けば、正確な日時、秒まで割りだせるようになっています」

「解けそうか？」

「え、はい、紙と筆をお借りできれば」

星辰は十歳にして科挙《かきょ》の試験を通過した俊英《しゅんえい》だと累紳から聞いていたが、占星師に匹敵《ひってき》するほどの知識をそなえているとは。累紳もこれは予想外だったのか、星辰がすらすらと筆を動かして再計算するさまをみながら、息をのんでいた。

「九月の七日。午後三時八分から七分間に渡って、日蝕が続くそうです。昨日発表された即位の儀と同時くらいですね」

星辰が「素敵な偶然ですね」と嬉しそうに語る背後で、累紳と妙は視線をかわす。妙の読みどおりだったということだ。

日時を教えられたところで累紳にはそれを疑うすべはなかったが、方程式ごと渡されたおかげで、確証が得られた。禍を転じて福となすとはこのことか。

「ありがとう、星辰。助かった」

「哥様のお役にたてたのでしたら、よかったです」

累紳が星辰の頭をなでた。星辰は頬をそめて、はにかむ。

「ところで、なにか俺に用事があって訪ねてきたんじゃないのか」

「実は……その」

星辰は緊張して、瞬きを繰りかえす。

「都では今、八年に一度の夷祭《えびすさい》が催されていますよね。大陸各地の特産物から商人が選び抜いた希少な品物、諸国の技師や発明家が国の威信を懸けて造りあげた展示物が星の都に一堂に集められて、会場をみてまわるだけでも大陸を端から端まで旅するような気分になれるとか」

「ああ、そうらしいな」

「そ、そこで……なのですが、ぼくも祭りを観にいきたいなと」

累紳は難色を示す。

「気持ちはわかるが、おまえは病《や》みあがりだろう。無理をして、また倒れるようなことになったら……」

「この頃、とても調子がいいんです。侍医《じい》は晩《おそ》くならなければ、そうそう体調を崩すことはないだろうと。母様からも累紳哥様と一緒だったら祭りに参加してもよいとお許しをいただきました。ぼく、ずっと夢だったんです。夷祭に参加するのが」

星辰の口調が熱を帯びて、段々と速くなる。

「哥様がご多忙であらせられることは重々承知しています。わがままは、これきりにいたしますから」

星辰は垂れ目がちの瞳を潤ませた。

(うわあ、捨てられた仔犬の眼だぞ、あれ)

いっさい他意なくあんな眼ができるのだから、よけいに破壊力がある。累紳は眉根を寄せ、葛藤していたが、結局は折れた。

「ほんとうにだいじょうぶなんだな?」

「げんきいっぱいです」

胸を張る星辰をみて、累紳はやさしく苦笑する。

「わかった。一緒にいこう。そのかわり、ちょっとでも気分が悪くなったり、動悸《どうき》がしたりしたら、隠さずに言ってくれ。いいな」

「わあ！　累紳哥様、だいすきです！」

星辰は感極まって累紳に抱きついた。

その様子があまりにも微笑ましく、妙は笑みをこぼす。

(懐かしいな)

いつだったか。妙もまた姐にわがままを言ったことがあった。

風邪をひいたとき、粥ではなく揚げ鶏が食べたいとねだったのだ。あの頃は揚げ鶏といえば、年に一度食べられるか、という高級な食べ物だった。姐はこまったように笑いながら、うんと働いて、腹いっぱいの揚げ鶏を食べさせてくれた――にもかかわらず、風邪をこじらせていた妙は鼻がつまっていて味がわからず、後悔だけが残ったのだった。

「いつだって、ぼくの夢をかなえてくださるのは、哥様ですね」

屈託なく微笑む星辰は幼《いとけな》かった。熟練の専門家が組みあげた占星の方程式を、たった数分で難なく解いたとは想えないほどに。

それでいて、彼の微笑はどことなく果敢《はか》なげだった。


……………

「累紳様」

星辰が帰ってから、妙はあらたまって累紳に声をかけた。

張りつめた妙の声を聞いただけで、累紳には妙がなにを考えているのか、わかったらしい。静かに振りかえる。

「――考えついたのか」

「はい」

妙は唇をひき結んでから、ほどいた。

「日輪にまつわる例の予言は、錦珠が宮廷巫官をつかって拡散させたものです。日蝕が起きたとき、民衆に「あの神託は新たな皇帝の誕生を示唆《しさ》するものだったのだ」と理解させるために根まわしをしておいたわけですね。ここからわかるように錦珠は完全に占星師、宮廷巫官を味方につけています」

なにせ、錦珠が産まれたとき、占星師は彼こそが福の星だと宣告している。占星師としては錦珠が皇帝となれば予言が実証されるわけで、そのときからすでに一蓮托生《いちれんたくしょう》の身だ。

「ですが、日蝕の日時については、こちらも把握できています。だから横取りできるんですよ」

「日輪を統べ、随える皇帝とやらは錦珠ではなく、俺だと言い張ることもできるわけか」

「そうです。ただ、それには理窟が必要です。理窟、というよりは、もうひとつの神の託宣というべきでしょうか」

　累紳は禍の星だ。

　民はそれを知らないが、宮廷はその神託を重く捉えている。

「日蝕というのは真昼に太陽が隠れて、また現れる、という現象ですよね。これは日輪が入れ替わる、とも捉えられるわけです。日蝕によって、禍の星と福の星が入れ替わったと神の託宣を騙れば宮廷の人たちを納得させることができるはずです」

　累紳が感心して、唸った。

「完璧だな」

　だが、妙は静かに息をついた。

「いえ、勝率は五割ほどです。官人だけではなく、宮廷のお偉いがたまで巻きこまなければならないわけですから」

　由緒ある占星師と、どこの馬の骨かもわからない占い師、どちらに信頼を寄せるかといわれたら、占星師にきまっている。かといって、第一皇子つきの占い師、というのも今度ばかりは仇《あだ》となる。

　ここからは、どう地道に勝率をあげるか、だが――

「累紳様、ひとつ、教えてください」

　妙は真剣な眼差しで累紳をみた。

　事のウラを映す鏡のような瞳に累紳を映して。

「累紳様は、ほんとうに皇帝になるつもりはありますか」

彼女は、累紳がついた最大の嘘に触れた。

「……参ったな」

累紳は抑えきれない歓びを漂わせ、喉だけで昏《くら》く笑った。

「あんたはそんなことまで見破ってくれるんだな」

彼がなぜ、嘘をつくのか。なぜ、嬉しそうなのか。それでいて、瞳の底が昏いのはどうしてか。妙には読み解けない。

「私は、姐さんの命を奪った錦珠のことを、許せません。彼を皇帝にしないためならば、本気で、なんでもやります」

「俺もそうだ。錦珠を皇帝にするわけにはいかない」

髪を搔きあげて、累紳が笑いかける。

彼に嘘をついている素振りはない。なのに、虚ろだ。

「あんたと一緒だよ」

なにが、これほどまでに抜け落ちているのか。

妙にはまだ、視えず。

それでもいまは、彼を信頼するほかになかった。彼が、命を賭して、妙を信頼してくれているように。

◇

夷祭で盛りあがった都は、さながら春節《しゅんせつ》と端午節《たんごせつ》がいっぺんにきたような賑やかさだった。通りは品物を拡げた露天商で埋めつくされ、赤や青、緑や黄の華やかな旗が晴天に舞っている。道端では大道芸人が火噴きの奇芸《てじな》を披露《ひろう》していた。あちこちで絶えまなく歓声があがり、商人たちは喧騒《けんそう》に紛れてなるものかと声を張りあげ、客寄せに勤しんでいる。

「ふええ、まさか、ここまで盛大なお祭りだとは」

さすがは八年に一度の祭典だ。

妙もまた、後宮の女官でありながら、累紳に連れられて夷祭に参加していた。いくら第一皇子でも、こうも気軽に女官を後宮から連れだしていいのだろうかと妙は思うのだが、毎度のことなので黙っておいた。

もちろん、星辰も一緒だ。

「哥様、みてください。これは、かざぐるまというそうですよ」

星辰が弾《はず》んだ声をあげる。

「へえ、華やかだな」

「鳥よけに飾るんだとか。素敵《すてき》ですよね」

どこをみても珍しい品物がならんでいるので、ぶらぶらと散策しているだけでも飽きそうにない。

「嬉しいのはわかるが、俺から離れるなよ」

「もちろんです。あ、あれはなんでしょう」

「こらこら、走るな……まったく」

ため息をつきながら、累紳は微笑ましげに星辰をみる。星辰はさきほどから累紳の袖をひいて、あちらこちらに連れまわしている。

北部からきたらしい露天商を覗いて、星辰がわあと眼をまるくした。

「これ、あざらしの沓です。大陸の北には夏がこないので、通年雪があるそうで、北の民族はずっとこの沓を履いているのだとか。文献《ぶんけん》ではみたことがありましたが、実物がみられるなんて想いもしませんでした」

「欲しいのか？」

「素敵だなとはおもいますが、……都ではめったに雪が積もりませんので」

星辰はそう言ったが、累紳は星辰にあう大きさの沓を選んで、購入してしまった。

「記念になるだろう。それに、都でもときどきは雪が降るからな。早朝だったら、結構残ってることもある。冬になったら雪を踏みにいこうか」

星辰は一瞬だけ、こまったふうに眉尻をさげてから、喜びをかみ締めるように「ありがとうございます」と言った。紙袋にいれてもらった沓を抱き締めて幸せそうにはにかんだ。

妙はうまそうなにおいにつられて、屋台のほうに吸い寄せられていった。

「ところで……哥様」

星辰が累紳に耳打ちする。

「妙姐様に髪飾りなどを差しあげてはいかがでしょうか？」

「はは、妙はそういう物を渡されても、喜ばないだろう」

累紳は苦笑する。いまだって、たこ焼きとかいう異境の食を屋台で頼み、嬉しそうに猫耳をぴこぴこさせている。

「でも、食べ物は残らないです。せっかくなんですから、特別感のあるものを渡すべきだと、ぼくはおもいます。だって、哥様は妙姐様のことがお好きなんでしょう？」

累紳は虚をつかれたように瞬きをした。

「違いましたか？　哥様は、妙姐様と一緒におられるとき、なんだかほっとしておられるというか、……張りつめておられないので」

「普段の俺は、張りつめていたか？」

「気を張って、おられるでしょう？　哥様は、誰とでも親しくされているけれど、ここからは踏みこまれたくないという線があって。それを破られないよう、絶えず緊張しておられるので……その、失礼なことを言っています、よね……ごめんなさい」

累紳はきまりが悪そうに髪をかきあげながら、息をついた。

「そう、か……完全に無意識だったが、そういうところはあっただろうな」

累紳が妙に視線をむける。妙は熱々のたこ焼きを頬張って「うまぁ」と歓声をあげていた。屋台の男が嬉しそうに喋りかけてきて、妙はそれにこたえ、感想を言っている。

「彼女は見破ってくれる。俺が隠しているものを全部。それでいて、看破《かんぱ》しても踏み荒らさない。だから、俺は――」

胸に落ちてきた想いを確かめるように累紳がつぶやいた。

「ああ、そうか……好き、なのか」

彼は今さらにみずからの好意を自覚して、こんなことも理解できていなかったのかと自嘲ぎみに呆れ笑いをする。

妙がちょうどたこ焼きを持って、累紳たちのところに戻ってきた。

「星辰様、これ、めっちゃおいしいですよ。たこ焼きというそうです。東の果てではお祭りのときにかならず、これを食べるんだとか。星辰様もおひとつ、どうですか？」

妙はたこ焼きに爪楊枝《つまようじ》を刺して、星辰に差しだした。かつお節と青のりが散らされたたこ焼きから、食欲をそそるにおいが漂ってくる。

「え、あ、……いいでしょうか、食べても」

「いいんじゃないか。屋台の飯に毒をいれる輩はいないだろうし、妙に毒味をしてもらったようなものだからな」

星辰はたこ焼きをふうふうしてから、食べた。

「ん、すごく、おいひぃです。変わった味ですね」

熱いので、はふはふしながら、星辰は眼を輝かせた。妙がよかったと朗笑する。

「ですよね。屋台の叔叔《おじさん》いわく、そうす、というらしいですよ。ね、あそこの日陰で休憩しながら、一緒に食べませんか」

「いいんですか。ありがとうございます、妙姐様」

気分が昂揚《こうよう》しているから、星辰自身も気がついていないだろうが、徐々に唇が紫がかってきていた。不調とまではいかないが、そろそろ休憩を取らせないと。

妙は星辰を日陰に連れていき、休ませた。

「あんたは、ほんとによくみてるんだな」

あとから累紳が妙に耳打ちをした。

「俺は一緒に喋ってたのに気づかなかった」

「意外とそういうものですよ。側にいるほど、気づかないといいますか」

累紳があらためて妙の観察眼に舌を巻いたようだった。

しばらく休憩したら、星辰の顔色が戻ったので、今度は展覧会を観にいった。

広場には諸国の誇りにかけて準備された展示物が陳列され、大勢の観光客が列をなしている。これもまた夷祭の楽しみのひとつだ。

実際に経験すると、商人たちが政ではなく祭典を優先したのが、妙にも理解できた。商売魂の盛んな彼らがこんな祭りを諦められるはずがないのだ。儲けられるだけではない。商人には商人の譲れぬ矜持がある。

展覧会に出陳《しゅっちん》されているものは多種多様だ。

星からは望遠鏡と六分儀《ろくぶんぎ》と眼鏡だった。そういえば、累紳があったという占星師は眼鏡をかけていたとか。かけさせてもらったが、妙は眼がいいので、ぼやぼやになっただけだった。ほかにも南部にある小国からは更紗《さらさ》という織物、西部からは熱気球、北部からは硝子《ガラス》をつかった鏡と、素晴らしい発明品が諸国から集結していた。

星辰がとくに興味を持ったのは玉軸受なるものだった。

「すごい発明ですね。これを取りいれたら、なんでも造れてしまいそうです」

「えっと、なにがどうすごいのか、まったくわからないんですけど」

妙は砂漠のスナギツネみたいな顔で、円盤のなかで珠がころころするのを眺めていたが、星辰は頬を紅潮させて力説する。

「これがあれば、摩擦《まさつ》を軽減して、荷重を伝達することができるんですよ」

「へえ、坊ちゃん、この仕組みがわかるのかい」

側にいた研究者が嬉しそうに声をかけてきた。

「もちろんです。これがあれば、あらゆる物を動かすことができますね。人類の大きな前進ですよ。すごいなあ」

「ただ、大量生産ができなくてねぇ」

「たくさん造れるようになったら、もはや革命です」

やたらと話が弾んでいるが、妙は聞いているだけでも頭がじんじんと痺れてきた。

「なんか、珠がころころしてるだけなんですけど。累紳様はあれ、どうつかうものか、わかりますか？」

「ん、あれか、……さっぱりだな」

累紳が頭を横に振る。

入道雲を破るように爆竹が弾けた。

振りかえれば、太鼓《たいこ》を奏でながら舞獅《シシマイ》がこちらにむかってきた。綾錦《あやにしき》の被り物をした舞獅が何頭も絡みあいながら行進する様は、いかにも厄難《やくなん》を蹴散《けち》らしてくれそうな勢いがある。

「あれが舞獅なんですね、すごい」

星辰は歓喜を通り越して、感動している。後宮でも催しのときに舞を披露することはあるが、男衆が操る舞獅は男子禁制の後宮ではみることができない。

「いってきてもいいぞ。星辰くらいの年齢だったら、頭から咬《か》んでもらえるはずだ」

「ええっ、それはちょっとこわいです」

「なんでも舞獅に咬まれると、健《すこ》やかに育つとか」

「ほんとですか。だっ、だったらいってみようかな」

健康という願かけを聞いて、星辰が舞獅のもとにかけよっていく。舞獅はこころよく星辰の頭をがぶりと咬んでくれた。いやああと星辰が悲鳴なのか、歓声なのか、わからない声をあげている。

「……私、祭りってほんとはきらいだったんですよね」

ぽつりと妙がこぼす。

細く、喧騒に埋もれそうな声だった。あるいは埋もれてしまってもいいやと投げられたつぶやきだ。累紳はそれを拾いあげて、そうか、とだけ言った。

「賑わう祭りのまんなかで、だあれも迎えにこなかったから」

両親が失踪したのは祭りの晩だった。ここまで盛大な祭りではなかったが、それでも舞獅が披露されて、大盛りあがりだった。まだ七歳だった妙は舞獅に咬まれてべそをかき、母親に笑われた。これで元気に育つわよと言って、背をたたかれたのを憶えている。父親が慰めるように爪を握らせ——それが、最後だった。

「俺が、迎えにいくよ」

累紳は妙の袖をひき寄せた。

「あんたがどこにいても捜しにいく。約束する」

約束の証だと累紳がかんざしを差しだす。

うす紫の珠飾りがついたかんざしだ。珠には猫の細工《さいく》が彫られ、先端にはうす紅の房がさがり、枝垂れ桃の花を想わせた。

「え、これ」

「つけてもいいか」

「……あ、ありがとうございます」

累紳が妙の髪にすっとかんざしを挿す。

「こういうの、つけたことないんですけど、変じゃありませんか？」

「変どころか」

累紳がどことなく照れくさそうに微笑む。

「想像していたよりも可愛い」

「そ、そうですか……よかったです」

なぜだか、こちらまで恥ずかしくなってきて、妙はうつむいた。頰がやけに熱くて、紅潮しているのがわかる。

確かめるようにかんざしに触れてみる。

嬉しいな、と妙は無意識に唇だけを動かす。こんなに胸が弾むのはいつ振りだろうか。

夏を盛りと咲き誇る花々のように、妙も星辰も累紳も笑いが絶えなかった。だが、夏の花は朝に綻《ほころ》んでは黄昏に凋《しぼ》むものだ。

楽しいときほど、はやく経つ。

底がぬけるように青かった晴天は刷毛ではらったように紫を滲《にじ》ませて、雲の輪郭《りんかく》が茜に燃えはじめた。そろそろ、約束の刻限《こくげん》だ。

祭りは日が落ちても続くが、星辰は晩から体調を崩す傾向にあるため、医官からは祭りに参加するのは昼だけと念を押されていた。

賑やかな祭りを抜け、郊外の停車場にむかう。

このあたりは民家がならび、のどかな風景が続いている。星辰は歩きながら振りかえり、哥様、妙姐様と呼びかけてきた。腕にはたくさんの土産《みやげ》を抱き締めている。

「ぼくのわがままをきいていただき、ほんとうにありがとうございました。夢のなかにいるみたいで、ぼく、とっても幸せでした」

幸福の余韻《よいん》をかみ締めるように星辰がはにかむ。

「民の暮らし振りもみられて、すごく勉強にもなりました」

「遠慮せず、またいつでも言ってくれ。医官の許可が取れたら、どこにでも連れていくからな」

祭りのなかで星辰を見かけた商人もいるだろう。星辰が快復したのだとわかれば、彼を支持するものも増えるはずだ。

停車場には、すでに星辰の宮から派遣された迎えの馬車がついていた。

駆者《ぎょしゃ》が帽子をはずして、挨拶をする。

「星辰様、お疲れ様でした。どうぞお乗りください」

星辰が首を傾げた。

「あれ、いつもの駆者さんではないのですね」

「彼は風邪をひき、休みになりまして。かわりに私が参りました。ご安心ください。安全運転にて宮まで送らせていただきますので」

駆者は鼻をこすり、親しみやすい笑みを浮かべながら頭をさげてきた。星辰が納得して馬車に乗りこむ。

「哥様、妙姐様、この日のことは死ぬまでわすれませんから」

「ほんとに大げさだな」

累紳が苦笑する。

「またな、星辰。今晩はゆっくりとやすめよ」

馬が動きだした。星辰は窓から袖を振る。完全に遠ざかるまで、星辰は名残惜しげにふたりを振りかえっていた。

「累紳様……おかしいです」

強張った声が、妙の喉を震わせた。

「なにかあったのか」

「あの馭者、嘘をついてました」

鼻に触れるのは嘘つきの証だ。それにあの馭者――星辰が尋ねたとき、視線が右側に動いたのだ。

累紳が青ざめる。

「っ……すぐに追うぞ、星辰が危険だ」

「で、でも、相手は馬車ですよ」

累紳は道の端につながれていた他人の馬の絆を外す。鞍《くら》も手綱《たづな》もつけられていない馬に飛び乗って、累紳がかけだした。

◇

星辰は馬車に揺られて、幸せなときを想いかえしていた。

こんなに楽しいときがあってもいいのかと想えるほどに幸福だった。

星辰は勉強が好きだ。知識があれば世界が拡がる。几《つくえ》と椅子だけの房室《へや》のなかでも、都の文化を知り、史実の争いを知り、異境の風景を知ることができる。母親もまた星辰が勉強をしていると喜んでくれた。

だが、星辰が几の外側に関心をいだくことは、母親は頑《かたく》なに禁じた。危険です。また体調を崩したらどうするのですか、と。

わかっている。病弱な星辰が悪いのだ。

事実、累紳に連れだしてもらったあと、星辰が熱をだして倒れることもあった。

けれども星辰は、書物のなかには世界がないことを理解していた。民は几上《きじょう》に暮らしてはいないのだ。

「皇帝、か」

星辰は、累紳のことを敬愛している。

彼ほどに強くてやさしいひとを、星辰は知らなかった。皇帝になるのならば、彼のようなひとがふさわしいだろう。

　がたんと馬車が揺れた。

　馭者が腰をあげ、座席のほうに乗りこんできたのだ。なんだろうと視線をあげた星辰が凍りついた。

「星辰、おまえに恨みはないが」

　馭者は剣を握り締めていた。

　刺客――本物の馭者を殺して、入れ替わっていたのだ。星辰は逃げだそうと、とっさに馬車の扉に手をかけたが、鍵がかかっている。

「っ……や、やだ」

「錦珠様のため、死んでもらう――ッ」

　馭者が剣を振りあげた刹那《せつな》、馬車が激しく揺さぶられた。

　夕焼けを弾いて、真紅が燃える。

「累紳哥様――」

　馬から馭者台に飛び移ってきた累紳は、星辰を殺そうとしていた馭者を斬りつけた。血が噴きあがる。馭者が絶叫《ぜっきょう》して倒れこむ。星辰は息絶えた馭者の下敷になりかけたが、累紳が馭者の背をつかみ、馬車の外に投げ捨てた。

「星辰！　間にあってよかった」

　累紳が腕を差しだしてきた。

「あ、ぁ、哥様……ぼ、ぼく」

「だいじょうぶだ、俺がいる」

星辰は累紳にしがみつく。抱きあげられるように助けだされる。安堵《あんど》で涙があふれてきた。涙を袖でぬぐった星辰は累紳の背後にせまるものをみて、叫ぶ。

「哥様！　後ろです！」

新たな刺客が襲いかかってきた。馬車に飛び乗った刺客が累紳にむかって、剣を振りかぶる。

星辰の悲鳴が響いた。


…………


妙は走っていた。

累紳と星辰の身が心配で、胸が潰れそうになる。

堀に落ちて横転した馬車をみつけ、妙は悲鳴をあげそうになった。だが、なんとか声をのむ。

堀の側に累紳がいた。

累紳は星辰を背にかばいながら、刺客と戦っている。累紳は勢いよく剣を振るい、刺客のひとりを斬りふせた。だが背後から別の刺客がせまっている。累紳は星辰を護るため、身を挺して肩を斬られた。星辰が絶叫する。累紳はあえて踏みこみ、刺客を刺し貫いた。

それが最後の刺客だった。

息も絶え絶えに累紳が振りかえる。

「累紳様、ご無事でよかった……」

妙はひとつ、安堵の息をついて、累紳のもとにかけ寄る。

「いったい、なにがあったんですか」

「刺客だ。錦珠は星辰まで殺すつもりらしい」

物音がした。

累紳は剣を構えなおす。民家の裏から新たな刺客が続々と襲いかかってきた。累紳は刺客の大群を睨みつけながら、妙に呼びかけた。

「妙、星辰を頼む」

「累紳様はどうなさるんですか」

「そうです、哥様は」

「あれは錦珠からの刺客だ。だったら、俺のことは――殺せない」

いったい、どういうことかと妙が言葉の真意を尋ねるまでもなく、刺客が斬りかかってきた。ここにいては巻きこまれる。それどころか、累紳の足手まといだ。妙は唇をひき結び、星辰の腕をつかんで逃げだした。

「哥様っ」

「累紳様を信じて、逃げましょう」

剣を扱うことはおろか、喧嘩もできない妙には、ほかにできることがない。

累紳は刺客をひき受けて、退路をひらいてくれた。だが、そのとき、民家の屋頂に弓隊が現れた。刺客たちは星辰と妙めがけて、いっせいに矢を放つ。

(やばい)

妙は星辰を抱き寄せ、堀へと身を投げた。盛大な水しぶきがあがる。

堀は想像していたよりは浅かった。妙の腰ほどの水嵩だ。

「星辰様、ご無事ですか!」

抱き締めていた星辰に声をかける。

「っ……」

星辰が苦しげに呻《うめ》く。

星辰のわき腹には、矢が刺さっていた。

妙は「星辰様!」と叫んで矢を抜きかけ、いや、だめだと頭を振る。なにかが刺さったときは、無理に引っ張って動脈を傷つけたら命にかかわると、誰かに教えてもらったことがある。

「逃げないと! 星辰様、歩けますか」

「姐様こそ……血が」

言われて確かめれば、袖がちぎれて、腕からぼたぼたと血潮があふれていた。矢がかすめたのか、落ちたときに負傷したのか。

「私はへっちゃらです。いざとなれば、星辰様のことだって担げますから」

一度意識してしまったせいか、傷がずきずきと痛みはじめた。だが、妙は強がって星辰の肩を抱き、水を掻《か》きわけながら進む。しばらく進んだところに階段があった。刺客がひそんでいないか、慎重に確かめてから堀からあがる。

いつのまにか日が落ちて、あたり一帯は暗くなっていた。今晩は月がない。星ばかりが瞬く暗がりに身を隠して、妙は側に建っていた民家の戸をたたいた。

「助けてください！　お願いします、どうか」

懸命に助けをもとめる。

だが、面倒な争いに巻きこまれまいと息を殺しているのか、家の者は顔を覗かせるどころか、声ひとつかえしてはくれなかった。

誰も助けてくれない――

星辰が咳《せ》きこみ、喉から血潮をあふれさせる。

「すみま、せ……げほっ……」

ひどい喀血の量だ。妙は絶望に唇をきつくかみ締める。

（大通りまでいけば、衛官がいるはず。でも、これいじょう歩き続けるのは無理だ。どこか、隠れられるところを探さないと）

妙は星辰を連れて、民家の倉に身をひそめた。

物陰に星辰を横たわらせる。星辰はぜひゅうぜひゅうと異常な呼吸を繰りかえしていた。

咳をするごとに血潮を喀《は》き、眼からは光が損なわれていく。

「なんで、こんなことに……」

先ほどまで、あんなにも幸せだったのに。

「ごめんなさい。狙われて……いたのは、ぼくなのに……おふたりを、巻きこんでしまって……ほんとうにごめんなさい」

星辰が声をしぼりだす。

「そんなの、違います。なんで、星辰様が狙われないといけないんですか。星辰様がなにをしたっていうんですか」

悔しさに声がつまる。

「ひどすぎます、こんなの」

姐も、星辰も、こんなふうに殺されていいひとではないのに。やさしいひとばかりが、なんで傷つけられなければならないのか。

だが、嘆《なげ》いてばかりはいられなかった。

「哥様……は、だいじょうぶ、でしょうか……哥様が、死んでしまったら……ぼくの、せいで……どう、したら」

なんとしてでも、星辰をちからづけないと。

「累紳様はお強いですから！　ぜったいにだいじょうぶです」

「でも、あんなにたくさん刺客がいて」

「約束してくださったんです。どこにいても、迎えにいくって。累紳様が約束を破るはずがないじゃないですか」

「そう、ですよね」

星辰がかすかに微笑んだのが、息遣いでわかる。

だが、望みもむなしく、次第に星辰の呼吸は細くなってきた。すでに意識が遠ざかってきているのか、彼は心細げに尋ねる。

「妙姐様……側におられます、か」

「いますよ。ずっと一緒です、離れませんから」

星辰の手を握りながら、妙は懸命に声をかけ続ける。

星辰はあのときも死を乗り越えた。だから今度だって、死なない。死ぬはずがないのだと妙は胸のなかで繰りかえす。

突如《とつじょ》として、倉の戸が蹴破られた。

「累紳様……」

胸によぎった希望は果敢《はか》なく、打ち砕かれた。

刺客だ。妙は倉にあった斧《おの》をつかみ、刺客にむけて振りあげた。

「近寄ったら、斬りますよ！」

刺客は妙の抵抗を鼻さきで笑い、倉のなかに踏みこんできた。妙は斧を振りあげ、刺客に挑む。だが、軸のぶれた攻撃はかんたんにかわされてしまった。

刺客の剣が風をきり裂いて、妙にせまる。

もうだめだ——諦めて、妙は眼をぎゅっとつむった。だが、想像していた衝撃に襲われることはなく、かわりに刺客の断末魔の呻きが聞こえた。

「妙！」

乱れた紅髪《あかがみ》をなびかせ、累紳が倉に飛びこんできた。傷ついてはいるが、強い眼差しをしている。安堵が押し寄せて妙はへたりこんだ。

「累紳、様……」

刺客を倒した累紳が腕を拡げ、妙を力強く抱き締める。累紳もかすかに震えていた。

「よかった、……ほんとに」

「星辰様が……」

累紳は息をのみ、星辰のもとにかけ寄る。膝《ひざ》をつき、累紳はちからなく横たわる幼い弟の手を握り締めた。

「星辰、もうだいじょうぶだ、よく頑張ったな」

「あ、哥……様、ご無事、だったんですね」

「ああ、なんともない。帰ろう」

「ありがとう、ございます」

星辰は安堵したように微笑した。だが、か細い息と一緒にまた命の雫がごぽりとあふれだす。彼の服は喀き続けた血潮で、しとどに濡れていた。

「哥様」

せまる死期を理解した星辰は残されたちからを振りしぼり、累紳の腕をつかむ。

「哥様、どうか、皇帝になられてください」

累紳が息をのんで、うろたえた。

「ぼくは、累紳哥様が皇帝になるべきだと、ずっと……哥様は皇帝となるに、ふさわしい御方です。それだけの御力が、あります」

累紳は眸を歪めて、頭を振る。

「違う、そうじゃない。おまえが皇帝になるんだ。俺はおまえを皇帝にするため、錦珠を廃そうと」

そうか。

妙が理解する。

これが累紳のついていた嘘か。

累紳はもとから、みずからが皇帝になるつもりなどはなく、星辰を皇帝にするために動き続けていたのだ。

「ぼくは、もう、ながくなかったんです。あの後、医官たちに余命宣告を受け、ました……もって、あと五カ月ほどだと」

「嘘だ……祭りだって、参加できたじゃないか。これからも一緒にいろんなところに連れていってやるって約束しただろう！」

累紳が声を嗄《か》らして、懸命に訴えかけた。

星辰は穏やかに微笑む。

「最期だから、ですよ。これが最期になると、わかっていて、だから、母様も……薬をたくさん飲んだら、祭りに参加していいと。ほんとに幸せ、でした。たこ焼き、おいし、かったなぁ……沓もいただ、いて。履いて雪を踏めなかったのが、ざんねんだけ、れど」

ひとつ、言葉を紡ぐのもつらいのか、星辰の声は細かくちぎれていた。

だが、なおも星辰は語り続ける。言い残すことがひとつもないように。

せまる死を感じながら、星辰は最期まで微笑みを絶やさなかった。

「だから、哥様が……皇帝になられることが、ぼくの……いちばんの」

夢、だと。

そう言ったきり、星辰は黙する。

「星辰？ ……星辰、星辰！」

累紳は星辰を抱き寄せ、声をかけ続けた。だが、星辰が再びに「哥様」と唇を動かすことは、なかった。

「星辰様……」

妙が哀しみに声を震わせる。

幼《いとけな》い頬に穏やかな微笑を遺《のこ》して、星辰は逝《い》った。

窓から緑の火が舞いおりてくる。名残の蛍《ほたる》だ。かすかなあかりが、累紳の眸《ひとみ》から落ちた涙をきらめかせる。

純真な魂を悼《いた》むように蛍火がひとつ、落ちた。

◇

星辰の死以降、累紳は妙のもとを訪れなくなった。

あのあと、傷だらけで宿舎に帰ってきた妙をみて、女官たちは心配して事情を聞きたがったが、妙は「馬に蹴られて、堀に落ちまして」とごまかした。翌朝になって医官に診《み》てもらったところ、肩の傷は五針縫《ぬ》わねばならないほどで、重ねて腰の打撲《だぼく》に左腕の捻挫《ねんざ》と散々なことになっていた。それを聞いて、しばらくは先輩女官が重労働を替わってくれることになった。

星辰の暗殺は後宮を震撼《しんかん》させた。

「この頃、物騒だと思ってはいたけど、まさかね」

「御年《おんとし》、十三だったとか……まだ幼かったのに」

女官たちはそろって眉を曇らせた。

星辰のことを想うだけで、妙は胸が裂けそうになる。星辰に姐様と呼ばれるたび、妙は弟ができたみたいでひそかに嬉しかった。なぜ、彼がいるうちに伝えなかったのだろうか。見舞いにだってもっといけばよかった。一緒にご飯が食べたかった。想いだすほどに後悔ばかりが募《つの》った。

累紳のことも気にかかっていたのだが、彼の宮を訪ねることが、妙にはどうしてもできなかった。星辰の死は累紳にたとえようもない絶望をもたらしたはずだ。まして、累紳は星辰を皇帝にしたいと考え、そのために動いていたのだから。

五日が経ち、新たな皇帝の即位は十五日後にせまっていた。

八月もまもなく終わりだ。

朝晩の風は肌寒く、庭を飾っていた芙蓉《ふよう》や梔子《くちなし》も疎らになってきていた。妙が物憂いため息をつきながら、洗濯物を乾していたところ、先輩女官が寄ってきた。

「妙、聞いた？　星辰様を殺した容疑者が捕まったって」

「誰だったんですか」

錦珠が暗殺の証拠を残しているはずがない。別の誰かに冤罪《えんざい》を背負わせ、一連の騒動を終わらせようとしているに違いなかった。だから、妙はたいした関心も寄せずに尋ねたのだが、先輩女官は想像だにしなかったことを言った。

「それがね、累紳様だったそうよ」

「……っなんですか、それ」

妙が動揺して、洗濯かごを落とした。

「昨晩、累紳様が捕吏に連れていかれたって。私、累紳様推しだったのになあ」

先輩女官の言葉に妙は真っ青になる。

なぜ、思い至らなかったのか。星辰は累紳と一緒にお忍びで祭りに参加していた。その帰りに殺されたのであれば、真っ先に疑われるのは累紳だ。

妙は落とした洗濯かごを拾いもせず、宮から飛びだしていった。先輩女官は慌てて妙に声をかける。

「ちょ、ちょっと！」

だが妙は振りかえらなかった。妃妾《ひしょう》にぶつかりそうになって頭をさげながら、妙は庭を抜けて通りにでる。なにがなんでも累紳のもとにいかなければ。

累紳の眼を想いだす。

どれだけ明るく振る舞っていても、彼の根底には絶えず昏い陰が横たわっていた。夏でも薄ら寒い風の吹くあの宮が、彼の心を如実に表していた。

星辰は累紳の縁《よすが》だった。それがなくなって、彼がなにを思い、どうするか。妙には想像がついてしまった。

（あのひとは、きっと、だめになる）


…………


後宮の端にある牢は真昼でも光が差さない。

格子つきの牢屋がならんでいるが、ここに収容されたものは七日と経たず、死刑になるか、後宮を追放されるかが決まるため、いまは埋まっているのはひとつだけだ。

累紳は牢屋の壁にもたれて項垂れていた。沓音《くつおと》が聞こえて、ふと視線をあげた累紳が眼を見張る。

「あんた、どうやってここに……」

「官吏たちを説得して、特別に面会を許してもらったんです。……正確には、官吏たちの弱みを知っている振りをして揺さぶりをかけました。なんも知りませんけど」

「はは……さすがだな」

累紳は乾いた笑い声を洩《も》らした。

だが、その眼は落ちくぼみ、絶望に濁っている。さながら、底のない奈落だ。妙は一瞬だけ身がすくんだが、戸惑いを振りきって発破をかける。

「次期皇帝は錦珠に決まったそうです。そりゃそうですよね。競いあっていた皇子が死んだんですから。こんなかび臭いところで項垂れている暇はありませんよ。無実だと証明するための策を練らないと」

「すまない」

累紳がぽつりとこぼした。

「俺は、皇帝にはならない」

妙が息をつまらせる。

想像はしていた。絶望した累紳は、なにもかもを諦めてしまうのではないかと。

それでも妙は現実に累紳から拒絶されて、ひどく傷ついた。

「俺は禍《わざわい》の星のもとに産まれた。皇帝になれば、国を滅ぼす。そればかりか、側にいるものまで不幸にするらしい――だから俺の母親は心身を病んで死に、星辰も殺された。俺と一緒にいたら、あんただって」

「ばかなことを言わないでください！」

妙がたまらず声をあげた。

「星辰様が死んだのは累紳様のせいじゃない。錦珠に殺されたんですよ。禍の星なんかと結びつけないでください！」

関連のない不幸を結びつけるのは認知の歪みだ。まして彼は、身のまわりで起きた不幸の責を勝手に抱えこもうとしている。

「だが、予言にはときどき本物がある。あんたもそう言っていたはずだ。俺が産まれたときにされた占星は、本物だったんだよ」

「本気で、言ってるんですか」

妙は累紳を睨みつけた。

絶望したといっても、これほどまでにたやすく全部を捨ててしまうなんて。あるいは、もとからそうだったのか。そこまで考えて、妙はぞっとした。

がらんどう、だ。

「あんたは、俺の嘘を見破ってくれたよな」

累紳が虚《うつ》ろな微笑をたたえて、木製の格子から腕を差しだしてきた。縛られたように動けない妙の頬をなで、唇をなぞった。

「皇帝になるつもりが、ほんとうにあるのかと」

はっと、累紳は息をつく。嗤《わら》いともため息ともつかない呼吸の残骸《ざんがい》が、落ちる。

「――なかったよ。あるわけがないだろう？　皇帝になるべきは星辰だった。俺は実権を握ったら、星辰の害になるものたちを処刑して、みずから命を絶つか、暗君として死刑にでもなって皇帝の座を退くつもりだった」

ああ、この男は、壊れている。

（呪いだ）

予言も、易占も、ときとして呪いになる。呪いは人を縛りつけ、思考を絡めとる。累紳はそうしたものに縛られることを是《ぜ》としない男だと想っていた。

それなのに。

「失望しましたよ」

累紳の指を弾くように振りほどき、妙が叫んだ。

「禍の星がなんですか！　神の託宣がなんですか！　そんなものは信じない、神に喧嘩を売るんだと言っておきながら、貴方がいちばん、縛られてるんじゃ、ざまあないですよ！」

みずからの声で、胸が破れそうだった。

泣きたいわけではないのに、妙の瞳からはとめどなく涙があふれてきた。

「貴方はけっきょく、逃げてるだけだ」

累紳の空疎な微笑が剝がれた。

乱暴に涙をぬぐって、妙は続ける。

「……嘘の占いでも意外とあたるものなんです。なんでか、知っていますか」

「いや……」

「想いこみですよ」

人の想いこみというのは、心理の穴だ。

「たとえばですね。今の貴方は非常に運気が悪いですよと言われたら、なんとなく気分がさがる。そのうちにほんとだったらしなかったはずの失敗をする。そしたら、占いがあたったんだと想っちゃいませんか？」

累紳は黙って、妙の話に耳を傾けている。

「累紳様だって、そうじゃないですか。国を滅ぼす禍の星だと予言されたから、皇帝になったら暴君みたいに振る舞って、死刑にされようとまで考えていた――これも心理です」

「心理、か」

かすかだが、累紳の張りつめていた双眸《そうぼう》が緩んだ。

「人は弱いものです。想いこみ、先入観、暗示、そんなものにかんたんに騙される」

でも、と妙は訴えた。

「だからこそ、たいせつなひとからもらった言葉ひとつに励まされ、助けられる。これもまた、人の心理というものです」

どんなものだって裏と表がある。心理もそうだ。

「星辰様は最後に言いましたよね。累紳様が皇帝になるべきだって。産まれた星なんかじゃなく、累紳様自身を見てきたからこその言葉です」

予言なんて、ほんとうは誰にでもできる。あとは受け取った側が予言だと想うかどうかだ。星辰の遺言だって、信じれば予言になる。

「累紳様にとって、占星師の言葉は信頼に足るものですか？　星辰様の言葉よりも確かだと、ほんとうにそう考えているんですか？」

「そんな、ことはない……だが」

妙がまっすぐに訴えかける。

「どこの誰かも知らないような占星師が言った予言じゃなくて、愛するひとが最後に遺した言葉を信じてあげてください」

累紳の眸に星が、燈《とも》る。

絶望を焼きつくして、希望が燃えたつ。

「……そう、か」

累紳が笑った。

星辰が敬愛し、妙が信頼する彼の笑みで。

「やっぱり、あんたと逢えて、よかった」

降参だと腕をあげて、累紳はこれまでのように尋ねてきた。

「俺はどうすればいい？　教えてくれ、俺の占い師」

ああ、いつもの累紳だ――

妙は安堵して、口の端をもちあげた。

そのときだ。官吏がやってきた。面会時間は終わりだろうか。まだまだ話さないといけないことがあるのに。緊張する妙と累紳をよそに、官吏は牢屋の鍵をはずした。

「累紳様、釈放です。星辰様殺害の容疑が晴れました」

「どういうことだ」

「累紳様が刺客と争い、星辰様を護ろうとしていたところをみたと、証言するものが現れました。停車場の側に暮らす農民だそうです」

妙の助けをもとめる声はあとになって、ちゃんと届いたのか。

牢から解放され、外にむかう。

真昼の青空を背に彗妃がたたずんでいた。いつもならば、後れ毛ひとつなく結いあげられている髪がみだれている。瞳のふちには隈が浮かんでいた。

「星辰を護れず、どう詫《わ》びたらいいのか。どんな裁きでも受けるつもりだ。ほんとうに申し訳ない」

累紳は膝をつき、頭をさげる。

彗妃は累紳に星辰を託したことを悔《く》やみ、怒りをもっているに違いなかった。だが、彗妃は累紳の腕をつかみ「おやめください」と声をあげた。

「貴方様は最後まで身を挺して、星辰を護ってくださった。息絶えた星辰を宮に連れて帰ってくれたとき、貴方様は傷だらけでしたね。あの姿をみてなお、貴方様が星辰を殺《あや》めたと疑うほど、私は愚かではありません」

彗妃の側にいた官吏が言う。

「民の証言を集め、累紳様の冤罪を晴らすために働きかけてくださったのは彗様です」

「そうだったのか。……恩にきる」

「このようなところではまともに話せません。私の宮にお越しください」

彗妃は馬車に乗るよう、うながした。

「あ、あの、私は」

「易妙、貴女にもきていただきますよ」

馬車に乗せられる。投げだしてきた洗濯物のことをいまさらに想いだしながら、妙は車輪の軋《きし》みに揺られて、彗妃の宮に運ばれていった。

◇

「星辰は死期を悟って、遺書をしたためていました」

宮につくなり、彗妃は封書を差しだした。

遺書には達筆で様々なことが書かれていた。母親にたいする御礼からはじまり、みずからが殺されることがあれば、第二皇子である錦珠の意によるものだろうということも綴られている。

「星辰は全部、わかっていたんだな」

「累紳様に読んでいただきたいのは最後の項です」

そこには累紳のことが書かれていた。正確には累紳の星について、だ。

「星辰は昨年から熱心に占星の研究をしていました。これがその研究の結果だと」

累紳と錦珠が双連星《ふたつらぼし》と称されたのは同日同時刻に産まれたからだが、このとき、宮廷の天頂では開陽星《かいようせい》が瞬いていた。開陽星の後ろには死星《しせい》という暗い伴星がある。これは天文における連星《れんせい》というものだ。

占星師はこの星の動きに基づいて、禍福を読んだものと考えられる。

欽天監の記録によれば、累紳が産まれたとき、死星が開陽星を喰らうように強い光を帯びた。占星師はこれを禍の徴《しるし》と捉えた。

だが、そうではなかったという。

「星辰の割りだした星の周期によれば、累紳様がお産まれになられた直後、禍の星と福の星が入れ替わったと。双つの星は三千年周期で入れ替わっていると星辰は理論づけています。つまりは禍の星は錦珠様であり、累紳様こそが福の星ということになります」

累紳が絶句した。

にわかには信じられないはずだ。産まれたときから累紳を縛り続けてきた予言が、星辰の遺書で覆るなんて。

「間違いないのか？」

「私も眼を疑いました。ですが、あの星辰が計算を誤るとは考えられません。星辰の明敏さは、士族も幇も認めるところです」

妙だけが静かに瞼を重ねる。

（ああ、これは嘘だ）

真実だったら、星辰は今際《いまわ》の際《きわ》に累紳に伝えたはずだ。

異境《いきょう》には、嘘をつき続けたせいで真実を信じてもらえなくなった羊飼いの話があるらしいが、これはその逸話《いつわ》の逆だ。

日頃から聡明で嘘などつかなかった星辰の言葉だから、誰もが疑わない。

累紳が妙に視線を投げかけてきた。嘘、なのか？　と。

妙は眼でうなずいて、肯定を表す。

（累紳様だったら、嘘を真実に変えられると信頼して、星辰様は最後の最後に嘘を遺したんだ）

目頭が熱くなった。だが涙するにはまだ、早い。

「直《ただ》ちにこのことを公表しましょう。累紳様には新たな皇帝となられる権利があることを明確にするのです。星辰を暗殺した錦珠を皇帝にするわけには参りません。私を含めた士族、帮は、累紳様の後援をいたします」

彗妃の声の端々からは強い怒りが感じられた。愛する息子を奪われた母親の瞋恚《しんい》だ。士族を率いて復讐する心づもりに違いない。

「いや」

だが、累紳は頭を振る。彗妃が柳眉を寄せた。

「まさか、累紳様には皇帝になられるおつもりがないと？」

「そうじゃないさ。だが、まだ時期じゃない」

「即位式がせまっています。今、公表せずにいつ知らせるというのですか」

「現段階で星の誤りを公にしても、宮廷巫官が認めるはずがない。証拠隠滅をされるだけだ。だったら、最高の舞台で公表し、民を証人にするべきだ」

「民を？　お言葉ですが、民は累紳様が禍の星に産まれついたことも廃されたことも知らないものばかりですよ。第一皇子は放蕩者《ほうとうもの》だとしか考えていないはずです」

「だからこそだよ」

累紳に続いて、妙が声をあげた。

「彗様にご助力を賜りたいことがあります」

「なんでしょうか」

「噂を振りまいてくださいませんか」

怪訝《けげん》そうに彗妃が表情を曇らせる。

「錦珠の噂ですか？」

錦珠にまつわる悪評を拡げても、強硬派に反抗する者の工作だと疑われて終わりだ。

「この頃、不穏なことが続いている、とだけ。たとえば、ですね、魚の大量死があったとか、鳥の群れが落ちてきたのをみたとか」

「それだけ、ですか？」

「それだけです。ただ、できるかぎり、実《まこと》しやかに」

妙が人差し指をたてて、微笑みかけた。

実害がなくても、凶事《きょうじ》が重なれば民心は乱れだす。

関係のないことを結びつけたがる民の心理を、逆手に取るのだ。皇帝が錦珠にきまってから異常が続いているとなれば、民は天が錦珠のことを認めていないのではないかと疑うに違いない。

そうなれば、こっちの舞台だ。

「さあ、神サマとやらを殴りにいきましょうか」

◇

青天に鐘が響きわたった。

即位の儀のはじまりを報せる鐘だ。神韻《しんいん》たる響きは都一帯にまで拡がった。

即位の儀は宮廷にある天壇《てんだん》という神殿で執りおこなわれる。宮廷は民が踏みいることのできない領域だが、このときだけは民にたいしても宮廷の扉は開かれる。六十段もの階段をあがった天壇の最上階には壁のない宮殿があり、皇帝はそこで儀礼を挙げることになる。民は天壇のまわりを埋めつくし、新たなる皇帝の誕生を待ちわびていた。高官や士族を含めた上級民は最上階の宮殿を取りまき、頭をさげ続けている。彼らは一様に白い礼服を着ていた。

ただひとり、青い礼服に身を包んだ錦珠が、天壇にむかって石畳を進んできた。民の祝福を一身に受け、錦珠は慈《いつく》しみの微笑で袖を振る。

もはや、皇帝となるのは錦珠をおいて、ほかにはいない。

万事、錦珠の思惑どおりに進んでいる。

皇帝は崩御《ほうぎょ》し、政敵であった星辰は命を落とした。累紳は冤罪《えんざい》を免《まぬが》れたが、心を壊して後宮の離宮にこもったきりだという。もっとも累紳は廃嫡《はいちゃく》であり、はじめから錦珠の敵ではなかったが、不穏な動きをしていたので、念のためにつぶした。

錦珠は悠々と階段をあがる。

彼のために敷かれた、皇帝への階《きざはし》だ。

あとは、士族と星辰を支持していた高官たちを服従させれば、錦珠の敵となるものはいなくなる。

士族や老いた高官たちは敬虔《けいけん》だ。天意という言葉を無条件に信頼している。だから、日蝕という天文現象に儀式の日時をあわせたのだ。

　錦珠が日輪を統べる皇帝であると証明すれば、誰もが錦珠の神威《しんい》に跪《ひざまず》き、逆らおうなどと愚かなことは考えなくなるだろう。

「星《シン》の民よ」

　最上階にたどりついた錦珠が民にむかって、語りかけた。

「天の御光とは万民に等しく、授けられるものである。天地に等しく朝が循環《めぐ》るがごとく天の御光とはあまねく輝《ひか》り渡るべきだ」

　湧きたつように民の歓声があがった。

「だが、いま、星《シン》の御光は大陸の総てには照り渡っていない。私は今こそ大陸を統べ、星《シン》の威光をもって万民を導こう」

　錦珠は頭のなかで時を測っていた。

　さあ、いよいよだ——

「みよ、星の新たな皇帝に日輪すらも跪き、忠誠を誓うであろう」

　天がにわかに掻き曇った。

　日輪が端から陰りだす。日蝕という現象を知らない民は天異に恐慌する。

　新たなる皇帝は日輪をも統べる——宮廷巫官の神託を想いだして、高官も士族も一様に震えあがった。

　日輪を奪われて、たちまちに地が暗《く》れ塞がる。

あれほど青かった天が鈍色に濁った。

天地は早暁《そうぎょう》、あるいは黄昏時のような帳《とばり》に覆われ、いまが真昼だとはとても思えなかった。篝火《かがりび》がたかれた天壇の最上階だけが暗がりに浮かびあがっている。

「天光《てんこう》は星の民がために照る」

不動なる錦珠の声が響き渡った。

「あなたがたに問う。あなたがたは星の民か。私の民だと誓えるか」

民は錦珠にむかって跪き、拝みだす。

士族たちも袖を掲げ、揖礼《ゆうれい》して恭順《きょうじゅん》の意を表した。星の民に違いありません、どうか御光を与えてくださいと。

錦珠が勝ち誇ったように笑む。

刹那《せつな》。

暗天に緋《ひ》が、ひるがえった。

姑娘だ。緋《あか》の襦《じゅ》に碧《みどり》の裙《くん》。白服の群れにどうやって紛れていたのか。突如《とつじょ》として天壇に現れた緋の姑娘は士族の人垣を割って、静々と錦珠の前まで進む。

姑娘――易妙は、高らかに声をあげた。

「神の託宣が降りました」

◇

「神の託宣が降りました」

舞台にあがった妙が声高に宣告した。

錦珠は意表をつかれ、眼を見張っている。女官如きがどうやって天壇にあがったのかと錦珠の瞳は糾弾《きゅうだん》していた。

種を明かせば、易《やす》い。礼服を借りて士族に紛《まぎ》れ、全員が日蝕に意識を取られているうちに奇芸《てじな》の要領で華やかな服に着替えた。

神聖なる趣《おもむき》を漂わせた占い師の登場に、誰もが一瞬だけ、魂を抜かれたように動きがとれなくなる。錦珠、衛官も同様だった。

「禍も福も解きて、神は真実だけを宣《のたま》う――皇帝とは天の意によってさだめられるものです。されども、真に天意を享《う》けているのは命錦珠ではありません」

「……不敬な」

錦珠は我にかえり、激しい怒りに頬を歪めた。

「なにをしている！　侵入者を捕らえろ！」

衛官が弾かれたように剣を抜き、妙にせまる。そのときだ。どこからともなく、外套《がいとう》を被り、素顔を隠した男が飛びだしてきた。

妙が声を落として、すれ違いざまに男にささやきかける。

「頼りにしていますよ、累紳様」

「ああ、時間稼ぎはまかせてくれ」

男――ならぬ、累紳が嗤《わら》った。

累紳は早朝のうちに天壇に侵入し、宮殿の梁《はり》にあがって身を隠していた。

風が舞うように剣を振るい、累紳は衛官を退ける。衛官たちは妙を捕らえるどころか、彼女に近寄ることもできなかった。

「宮廷巫官でもないものが神の意を騙《かた》ることは大罪だ。わかっているのか」

錦珠がいまいましげに唾棄《だき》する。

「神は虚偽を享給《うけ》ず。天の意を享《う》け、黙り続けることは、私にはできません」

ゆえに聴いてください、と妙は民にむかって、声を張りあげた。

「命錦珠は天意を享けぬ身でありながら、皇帝の星を頭上に戴《いただ》こうとしています。月を飲み、星をかみ砕いて、日輪までも喰らおうと貪欲《どんよく》なる爪をたてている――許されることではありません」

あえて、嘆《なげ》くように妙は語る。

「青ざめた鳥が空から落ちたのをみたものはいますか。水鏡を濁して魚の群れが浮いたのをみたものは？　それらは、天からの警告にほかなりません」

民の様子はここからでは窺えない。だが民衆が互いに顔を見あわせ、震えあがっているのが妙にはわかる。

　鳥が落ちたのも、魚が死に絶えたのも、誰もが噂に聞いているはずだ。現実にみたものはおらずとも、噂には次第に知人の親族が、職場の家族が、と尾ひれがつき、嘘が異様な現実味を帯びていく――心理においてそれを流言《りゅうげん》という。噂とは流れ、流れて、拡散するものだ。それはときに、証拠のある真実よりもはるかに強くなる。

「愚かな戯《ざ》れ言《ごと》だよ」

　錦珠が声を荒らげる。

「鳥が落ちたからなんだ。政《まつりごと》とはいっさい、関係のないことだ」

　錦珠が指摘したとおりだ。

　鳥が落ちたことは、彼が新たな皇帝にふさわしくないという話とは結びつかない。妙は確かにそれを理解している。

「はたしてそうでしょうか」

　だから話をすり替えて、わざとこのふたつを絡めていく。

「鳥の死骸《しがい》が人を侵す疫病《えきびょう》をもっていたら？　魚の死骸が水を濁らせ、作物を枯《か》らして実りが絶えたら？　地の異変は民の暮らしに直結します。それとも、民が飢えてもなお、政には関係がないと仰せになられるのですか」

「そんなことは言っていないだろう、論点がずれている」

　錦珠もまた、妙が意識して趣意《しゅい》をずらしていることを理解しているはずだ。だから、不快げに睨《にら》みつけてくる。

錦珠は日頃、穏やかそうにみせかけているが、実のところは感情の波が激しい男だ。だから彼の冷静さを崩すのは難しくなかった。

皆既日蝕《かいきにっしょく》は進む。

縁にわずか残っていた日の環が、ぷつとちぎれた。

奈落の底に吸いこまれるように地は、完全なる暗闇に閉ざされる。恐怖のあまり、民があちらこちらで叫喚《きょうかん》していた。

民の緊張は限界にまで達している。

誰でもいいから、この不条理な暗闇から助けてくれと、彼らは必死に訴えていた。

(よし、この調子だ――)

妙がかすかに笑む。

抑圧感。緊張感。混沌《こんとん》たる恐慌の坩堝《るつぼ》。

だが、まだまだ足りない。すぐに解放されては、喉もとすぎればなんとやらで終わりかねない。最後の一線のぎりぎりまで、民の心を追い詰めなければ。

累紳は衛官たちと剣戟《けんげき》を続けている。

隙をみて、妙は累紳にだけ聞こえるように声をかけた。

「あと、三百八十秒です」

「わかった」

言うまでもなく、日蝕が終わる正確な時刻は錦珠も把握している。

だが、妙の登場、さらに口論を経て、錦珠の頭のなかにある時計は正確な時を刻めなくなっているはずだ。

胸を膨らませ、妙はさらに声を張った。

「星にとって必要な皇帝とは日を屈服させ、跪かせるものですか？　その腕で日を掲げ、民を等しく導くものではないのでしょうか！」

錦珠が腹立たしげに語気を荒らげる。

「理解できないのか？　日を隠すことができるならば、昇らせることもできるんだよ！　僕こそが新たな皇帝だ、異論は認めない」

焦燥にかられた錦珠は袖を振りあげて、命ずる。

「日輪よ、新たなる皇帝の命に随《したが》え！」

すがるように民が静まりかえった。

錦珠に望みを懸けて、人々は昏い日輪を仰視する。だが、いくら待ち続けても、光を取りもどすことはなかった。

百秒の誤差だ。

だが、民にはその百秒が重かった。

失望、不満、恐怖、疑念。負の感情が堰《せき》をきって、あふれかえる。非難の声が怒濤《どとう》の如《ごと》く、錦珠にむかって押し寄せた。

錦珠は息巻いて、妙を振りかえった。絶えず、凍《い》てついていた星の眼が、怒りに燃えている。

だが、妙は臆さずに睨みかえす。

錦珠。おまえだけは、許すものか。

月を飲み、星をかみ砕き――言葉遊びの比喩ではない。月華《ユエファ》と星辰。妙の愛するふたりのことだ。

復讐はかならず、果たす。

(残り、十秒)

衛官の剣を弾いて、累紳が勢いよく外套を脱ぎ捨てた。

真紅の髪が燃えたつように拡がる。火の鳥が舞いあがるがごとく。

「日輪よ！」

累紳が天に腕を掲げた。

「我が愛する星の民《シン》を照らせ！」

光が、差す。

陰を破り、光があふれた。さながら日輪の再誕だ。産声をあげるように光は拡がり、天地に満つる。空の端から黄が滲み、鈍い青から紺碧《こんぺき》に移ろいだす。

日輪が還ってきた。

一拍、静寂《せいじゃく》を経て、天を衝《つ》くほどの喝采《かっさい》があがる。

民だ。絶望に抑圧されて塞ぎ続けていた民心が解きはなたれ、充溢《じゅういつ》する。

衛官たちは侵入者が第一皇子だったことに慌てふためき、剣を収めて跪く。累紳が禍の星であることを知っている士族、高官たちは戸惑いを隠せず、ざわめきだす。

「あれは、第一皇子の」

「だ、だが累紳皇子は……」

だが、そのとき、彗妃が進みでた。

「いいえ、累紳皇子は禍の星ではありません」

「どういうことですか、彗妃」

「第三皇子たる星辰の遺言です。星辰は占星を究め、累紳様こそが福の星であったと立証しました」

彗妃の言葉をひき継ぎ、妙が続ける。

「すでに天の意は表明されました。あとは民が選ぶはずです、新たな皇帝にふさわしい者は誰かを」

日は等しく地を照らして、民は歓喜に湧きたつ。

「累紳皇帝万歳」「累紳皇帝万歳」

強い感情とは連鎖して増幅するものだ。民の歓声はすでに地を揺らすほどに膨れあがっていた。

錦珠は認めないとばかりに頭を振る。激昂して喚き散らさなかったのは、皇子としての矜持《きょうじ》か。だが、錦珠が認めようと認めまいと勝敗はついている。

たった百秒。その差が、ふたりの命運を分けた。

妙は累紳に視線を投げる。累紳は星の眸を瞬かせ、唇の端をあげた。

――――累紳の、勝利だ。

「累紳皇帝万歳」

民の歓呼はいつまでも、終わることなく。

透きとおる青空に響き続けた。

◇

「聞いたわよ、あなた、累紳様つきの占い師だったんだってね。ただの食い意地が張った姑娘じゃないとは想っていたけど、まさか、そんなすごい占い師だったなんて」

先輩女官に声をかけられ、妙はいやあと頬を掻いた。

妙は一躍、時のひとになっていた。

あれだけ堂々と公の場に姿を現し、神の託宣だのなんだのと語っておいて、隠し徹せるとは考えていなかったが、職場にまで噂が拡がるとは。

先輩だけではなく、宮に勤める女官が続々と妙を取りかこんで、あれやこれやと尋ねかけてくる。

「そもそも、どうやって累紳皇子と知りあったの？」

「ま、まさか、ご寵愛を受けたりしてる？」

「接吻《キス》までは進んでるのよね？」

正確には、女官たちは累紳のほうに興味津々だった。

（だから、累紳様との関係はばれたくなかったんだよなぁ）

非常に面倒臭い。取《と》り敢《あ》えずそういう関係ではないと言って、女官たちをてきとうにあしらい、妙は昼ご飯を口実に職場を抜けだす。

新たな皇帝が累紳にきまってから七日経った。廃嫡を取りさげたり、宮廷巫官との審議があったりと、諸々の手続きがあるらしく即日皇帝に、というわけにはいかなかったが、まもなく正式に即位が執りおこなわれるだろう。

小都は相変わらず賑やかだ。

屋台に寄って包子でも、と思った妙の耳に妃妾たちの噂話が飛びこんできた。

「ねえねえ、星占《ほしうら》、もう試してみました？」

「もちろんよ。あたりすぎて怖いくらい。都でも話題になっているそうね」

星占とは生年月日からみずからの星を導きだして、人格、運勢、意中の異性との相性を占えるというものだ。星は全部で二十七種あり、発売されたばかりの占い帳がひとつあれば難しい知識なども要《い》らないため、都でも後宮でも空前絶後の流行《ブーム》を巻きおこしている。

累紳の星の云々《うんぬん》で、占星にたいする民の関心が高まっているのもあり、占い帳の発売から五日で星占は社会現象にまでなっていた。

言うまでもなく、これは妙が考案したものだ。豪商に投資させた鏡片をつかって星を観測し、それをもとに編みだした――ことになっているが、実のところは妙が三徹してできとうに書いた。

「好奇心旺盛だけど、先入観で遠ざけているものがある……きゃあ、ぴったりだわ。なぜわかるのかしら」

妙が累紳と逢ったときに試した裏技だ。細部には触れず、ともすれば矛盾するような推察を重ねて、曖昧な表現をすることで誰にでもあてはまるようになっている。

毒にも薬にもならない娯楽だが、妃妾たちは歓声をあげ、夢中になっていた。

（ちゃんと借りをかえせてよかった）

あのときは勢いづいて大見得を切ったが、あとから恐るべき額を前借りしてしまったことにガクブルしていたので、無事に事業が成功して肩の荷がおりた。

星占の手帳を販売した豪商は今頃、笑いがとまらないはずだ。

嵐のように総てが終わって、まだ気持ちが落ちついていなかった。

「ひとまず、腹ごしらえかな」

腹が減ってはなんとやらだ。

歩きだしたところで背後から袖をひかれて、路地に連れこまれた。どうせ、累紳だろうと振りかえった視界に映る銀――妙が息をのむ。

錦珠と、声をあげるまでもなく。

口を塞がれて布にしみこませた薬を嗅がされた。

「君に逢ったときにこうしておけばよかったよ」

ささやきかける低い声が最後に聞こえて、意識が遠ざかる。抵抗することもできず、妙は錦珠の腕に落ちた。

◇

姐の夢をみていた。

夢のなかで、姐は橋の中程にたたずんでいた。妙は姐のもとにかけ寄ろうとするが、どれだけ踏みだしても、さきに進むことができない。

姐は哀《かな》しげに微笑みながら、唇を動かす。

声は聞こえてこない。

「っ」

夢が破れ、妙は意識を取りもどす。

見知らぬ房室《へや》だった。飾り棚には香炉《こうろ》をはじめとした調度が飾られて、壁には銀木犀《ぎんもくせい》。異様なほどに華やかだ。どうやら妙は椅子に縛られているらしい。動かそうとした腕が軋《きし》んで縄が喰いこんだ。

「ああ、ようやっと意識を取りもどしたんだね。薬の分量を間違えて、殺してしまったかと思ったよ」

隣をみれば、錦珠が退屈そうに茶を飲んでいた。

「錦珠様、いや……錦珠」

拉致《らち》されたのだ。恐怖もあったが、それを感づかれまいと妙は気強く声をあげた。

「縄をといてください。貴方がなにを考えて、私を連れてきたのかはわかりませんが」

「おまえが、累紳を皇帝にしたんでしょう？」

錦珠は睫をふせ、微笑みかけてきた。

「あの男が星の呪縛を破れるはずがない。禍の星に産まれたせいで、母親からも散々恨まれ続けてきたんだから。打破できたとすれば、おまえのせいだよ」

妙は、累紳の胸のうちにある空虚《うつろ》に想いを馳《は》せた。彼は幼いときから、あらゆることを諦め続けてきたのだろう。皇帝になることを諦め、愛されることを諦め、なにかを望むことそのものを諦めた。

「ねえ、僕を皇帝にしてよ」

妙は怒りを通り越して、凍りついた。

こいつはいったい、なにを考えているのか――

「おまえが望むものならば、なんでもあげるよ。真珠の耳飾りなんかどうかな。珊瑚《さんご》の笄《こうがい》でもいいね。ああ、食べるのが好きなんだっけ。高級な食材を取り寄せてあげるよ。だから、僕のために託宣をしてくれ、占い師さん」

姐を奪い、星辰を殺して。

妙のたいせつなものを踏みにじっておきながら、よくもぬけぬけと。

「皇帝は、累紳様にきまりました。宮廷と民の満場一致で。いまから覆ることは、ぜったいに有り得ません」

「僕は認めてない」

錦珠の声が低くなる。

「……認めてなるものか！」

錦珠は唐突に声を荒らげ、卓を蹴りつけた。卓が倒れ、茶杯《ちゃはい》が砕ける。異様な豹変振りに妙はびくりと身を縮めた。

「僕が、皇帝になるはずだったんだよ。それなのに、おまえが邪魔をした。おかげで僕は廃嫡だ。僕が、僕こそが、祝福された星のもとに産まれたのに」

ああ、そうか。妙はいまさらに理解する。

累紳が福の星に転じれば、今度は錦珠が禍の星になるのだ。

この哥弟《きょうだい》はどこまでも表裏だ。占星なんかに振りまわされるふたりは哀れだが、妙は錦珠にたいして情けを傾けるつもりはなかった。

「……そうですかね」

妙は果敢《かかん》に錦珠を睨みつける。

「あなたには禍の星のほうがふさわしいですよ」

錦珠が星の双眸に剣呑《けんのん》な光を漂わせた。

背筋が凍りつく。錦珠は人を殺すことにためらいのない男だ。それでも、最愛の姐を殺害したものにたいして、縮こまり、頭をさげるようなことは妙にはできなかった。

「誰があんたなんかのために占ってやるもんですか！　そんなことをするくらいだったら、舌をかみきって死んだほうがましだ！」

「そう。だったら、死になよ。思いどおりにならないものなんか、要らない」

錦珠が妙の首を絞めあげる。

「っ」

妙が思いきり脚を振りあげ、錦珠を蹴りつけた。

反撃されるとは思っていなかったのか、錦珠がとっさに後ろにさがる。反動で椅子が後ろむきに倒れ、妙は衝撃に息をつまらせた。頭を打ちつけなかったのは幸いだったが、腕を縛られているので、起きあがることもできない。

錦珠は妙を踏みつけにして、さらに強く、喉を絞めた。

「やっ、ぱり、あんたは皇帝に、なれる、ようなにんげん、じゃない。どれだけ、いい星に産まれてたとしても、そんなの、関係……なぃ」

妙は息も絶え絶えに吐き棄てた。

胸を衝かれたように錦珠が怯《ひる》んだ。いやなことを想いだしたように頬をひどく歪《ゆが》め、彼は妙の喉から手を離した。妙が咳きこむ。

涙に滲んだ眼で睨みあげたところで、鼻先に剣を突きつけられた。

「そんなに死にたいのか、だったら望みどおりに殺してあげるよ」

殺意を滾《たぎ》らせた錦珠の眼をみて、理解する。

（ああ、殺されるんだな……）

禍も多かったが、ちゃんと福もある人生だった。最期になって思いかえしてみれば、不幸せが三割、幸せが六割くらいだったようにも思えるから、不思議だ。

心残りといえば、ひとつ。

（累紳様のことを、ひとりぼっちにしてしまうのはいやだな）

錦珠が剣を振りあげたそのときだ。

「妙！」

累紳の声が聴こえた。

燃えさかる火のように飛びこんできた累紳が勢いよく錦珠に斬りかかる。不意をつかれ、剣を弾きとばされた錦珠は舌打ちをして、後退した。

「累紳、様」

「だいじょうぶだったか、怖かっただろう」

累紳が妙を緊縛していた縄を絶ち、強く抱き寄せた。累紳の腕に抱かれているだけで、震えがとまる。

「へいき、です……でも、なんでここが」

廊に視線をむけると、錦珠の乳母《うば》が震えながらこちらをみていた。彼女が累紳に妙が拉致されたことを報せてくれたのか。錦珠は乳母が錦珠を裏切っていたことを理解して、乾いた嗤い声をあげる。

「はっ、結局、誰も彼もが僕を裏切るんだな――累紳、禍の星のくせして、よくも僕から皇帝の椅子を奪ってくれたね」

「やめたんだよ、碌でなしの神とやらに縛られるのは」

累紳はすらりと剣を掲げ、錦珠にむけた。

「星辰を殺して、妙まで傷つけたおまえを、俺は許すことはできない。ここで、俺たちの因縁を終わらせよう」

「僕を殺すのか？　できるものならばやってみなよ」

だが、錦珠は嘲笑しただけだった。

「僕らは双連星《ふたつらぼし》だ。僕を殺せばおまえも息絶えるよ。産まれたときにそうさだめられた」

妙はかねてから疑念を懐《いだ》いていた。なぜ、星辰まで暗殺した錦珠が累紳のことは狙わなかったのかと。

廃嫡である累紳を侮っているためかとも考えたが、錦珠は神経質できわめて慎重だ。皇帝になるため、障害となる危険をはらむものは細やかな芽であろうと許せないはず。だがこのときになって、錦珠が累紳を害さなかったわけが理解できた。

「僕は殺せないよ、累紳」

わずかでも占星を信じているかぎりは。

累紳は瞼《まぶた》を塞《ふさ》ぎ、胸のうちに縺《もつ》れていたあらゆる想いを絶ちきる。息をつき、再びに見張られた累紳の星の眸は燃えていた。

累紳はためらいなく踏みこむ。

彼を縛り、がんじがらめにしてきた運命の糸をひきちぎって。

「言っただろう。俺は、星には操られない」

累紳の剣が、錦珠の胸を貫いた。

錦珠が信じられないとばかりに眼を剝く。銀の髪に挿された歩揺《ほよう》がかすかな音を奏でた。

視線をさまよわせてから、彼は強い怒りに双眸をひずませる。

最後の力を振りしぼるように錦珠は、後ろ手で短剣を抜きはなった。

「累紳様！」

妙が悲鳴をあげる。

双連星の予言とは哥弟が刺し違えることを表していたのか――

いやだと、妙は強く思った。

姐を喪《うしな》い、星辰を奪われ、累紳まで殺されるなんて、ぜったいにいやだ。

妙は壊れた茶杯の破片に視線をとめる。こんな物を投げつけても、あたるとは思わなかった。まして、短剣を弾きとばすなど無理だ。

だが、考えている暇はない。

「一緒に死のうよ、累紳！　僕らは同じじゃないか」

錦珠の短剣が累紳にむかって振りおろされる。累紳は錦珠に腕をつかまれていて、身動きがとれない。

妙が破片を投げつけた。

かつんと、星の砕けるような響きがあがる。

放物線をかたどって投擲《とうてき》された破片が、短剣にあたったのだ。だが、小さな破片ひとつでは、明確な殺意をもって振るわれた剣を阻むには到らない――はずだった。

「なっ」

短剣がぼろりと、崩れた。

奇蹟か。あるいは。

「なん、で、僕だけ……」

錦珠は悔しげに呻いて、血潮を喀いた。

累紳がつぶやく。

「星は、人が動かす――運命は選び取るものだ」

禍の星と捉えるのも、福の星と読むのも、結局は人の心ひとつだ。

なにを選び、どう進むか。

「俺は、俺の星を選んだ」

累紳が剣をひき抜いた。錦珠は声もなく頽《くずお》れる。累紳は一度だけ視線をさげて錦珠をみたが、哀れみを捨て、妙のほうを振りかえった。

妙は累紳にかけ寄り、抱きつく。張りつめていた緊張がいっきにほどけ、涙があふれだしてきた。

「累紳様……よかった、ほんとうに」

「終わった。いや、終わらせたよ。……あんたのおかげだ」

妙をやさしく抱きとめて、累紳は双眸をやわらげた。

穏やかに燈る明星の眸だ。

妙は累紳の胸に額を押しつけ、ありがとうございますと涙に濡れた声を洩らす。これで星辰も、月華も、心穏やかに眠れるはずだと。

「星、選んだんですね、累紳様」

禍でも福でもない、彼だけの星を。

「ああ」

つかんだら、離さないとばかりに強く抱き締めて。

「……俺の星はあんただよ、易妙」

累紳は笑った。

◇

今際にあって、錦珠は月華《ユエファ》という姑娘のことを想っていた。

奇妙な姑娘《おんな》だった。

誘拐されても取り乱すことなく、終始微笑を絶やさなかった。欲しいものはなんでもあげると言っても物を欲しがることはなく、いつでも幸せそうにふわふわ笑っていた。頭が弱いのかとも思ったが、ときどき敏いことを語っては錦珠の意表をつく。

いつだったか、月華はふと、こんなことを言った。

「予言というものはきっと、はずれるためにあるのね」

横たわり、月華に膝枕をされていた錦珠は、眉をはねあげた。

「どういうこと？　君の予言はいつだって、あたるじゃないか。地震だって、敵の侵攻だって、予知はすべて現実になった」

「わたしが視たときは大勢の人が命を落としていたわ。でも、あなたが動いてくれたおかげで、現実には死者がほとんどでなかった。ほんとうにありがとう」

嬉しそうに微笑んで、月華は錦珠の髪を梳《す》いた。

「神様というものがほんとうにいるのなら、人の行い次第で運命は変えられると教えるために予言を託してくれているのね、きっと」

月華は錦珠に優しかった。錦珠の母親は、錦珠がどれだけ頑張っても、微笑みかけてなどくれなかった。ありがとうなんて声をかけられたこともなかった。望むのはただ、皇帝になれということだけ。

だから、毒をのませた。彼が作りだした最も強い毒だ。褒められてしかるべきだと錦珠は想っていた。だが、母親は最後まで、錦珠を認めなかった。

ならば、月華はどうだろうか。彼が皇帝になれば、きっと、喜ぶはずだと想った。

だから彼女に皇帝を暗殺したことを報せたのだ。

なのに、月華は青ざめて、いやいやと頭を振った。

「これで僕が新たな皇帝になるんだよ」

月華は鈍い。理解できていないのかと思い、教えてやったが、月華はさらに絶望するだけだった。

月華は錦珠に言い渡した。

「あなたは、皇帝にはなれないわ」

「……それは予言か？」

「予言ではないわ。もっと、確かなことよ。だって、あなたは」

「僕を、否定するなッ……」

月華に拒絶されたと理解するやいなや、視界が赤くそまる。激情を抑えきれず、錦珠は月華を斬りつけた。

「なんで、僕を……認めてくれない！　許さない、許せるものか！　君が……僕を拒絶するなんて！　だって、だって、君だけは……ッ」

錦珠は錯乱して、喚き続けた。

月華は事切れるまで哀れむような眼差しで、錦珠のことをみていた。彼女はあのとき、なんと言ったのか。あれきり、わすれていたのに、今頃になって想いだす。

「人の心がわからないひとだから」

わかるものか。だって、誰もそんなものを教えてくれなかった。教えられたのは皇帝になるための術《すべ》、政の敷きかた、民を操る手段――心なんか。

ああ、でも、それは星のかたわれもそうだったはずなのに。彼は、ほかの理《みち》を選び、進んでいった。その違いがなんだったのか、錦珠には理解できない。理解できなかったから、取りかえしのつかないところまできてしまった。

腕を伸ばす。

最後に誰かが、彼の手を握り締めた。

瞼をあげる。視界は滲《にじ》んでいたが、人の姿がかすかに映りこむ。

彼を裏切ったはずの乳母、だった。彼女は凍えていく錦珠の指を暖めようと懸命に包み続けている。やっぱり、人の心なんてものは、わからない。

ただ、なぜか。

ちょっとだけ、満たされたきもちになって。

錦珠は、息絶える。

星がこぼれるように銀木犀の花が落ちた。

◇

「食べてくれるか」

できたての天津飯が食卓におかれた。

ふわふわのたまごにくるまれたご飯にとろみのついたたれがたっぷりとかけられ、ぷりぷりの海老が乗っている。さながら黄金郷だ。

妙は思わず、ごくと喉をならす。

「こ、これ、累紳様がつくったんですか」

「まあな、いちおうは得意料理だ」

「でも、累紳様は味がわからないんじゃ」

「わからなくても、分量を量れば、料理くらいはできるさ」

錦珠の死は公表された。

だが、錦珠が占い師である妙を拉致し、殺害しようとしたという乳母の証言によって累紳が罪に問われることはなかった。

累紳はまもなく皇帝になる。明朝には離宮をひき払って宮廷に移るという。

「こんなふうにのんびりできるのも最後だろうからな、俺がつくったものをあんたに食べて欲しかったんだ」

「喜んでいただきますね！」

妙は匙《さじ》を取って、やわらかなたまごを崩す。ほどよく半熟のたまごが、塩だれのあんと絡みあった。かすかに柚子《ゆず》のかおりが鼻をくすぐる。擦りおろした柚子が隠し味になっているのか。

「あむっ……にゃはあ、おいしい……」

頬がとろけそうになる。

素朴でやわらかい味つけだ。頬張るほどに心が満たされて、幸せな心地になった。

「すっごい、おいしいですよ。累紳様は皇帝どころか、庖人《りょうりにん》にもなれそうですね」

「それだと庖人のほうが、皇帝よりも身分が高そうだな」

累紳が笑い、まあ、でも、と続けた。

「たいして変わらないか。……どちらも命に結びつく職だからな」

頬づえをつきながら、累紳は妙の頭をぽんぽんとなでた。彼は妙が食べている姿を嬉しそうに眺めている。妙の幸福感をじっくりと味わっているかのように。想いかえせば、このときだけだ。彼がこんなに満ちたりた表情を覗かせるのは。

「……なあ、あんた」

累紳の眼がふと、真剣になる。

「ん、な、なんですか？」

妙がぱちぱちと瞬きをした。髪に挿された桃のかんざしがかすかに揺れる。

「俺と……いや」

累紳は言葉をのむように視線をそらす。

「なんなんです？」

「いや」

ごまかすように微苦笑してから、彼はあらたまって尋ねてきた。

「これからも俺の占い師でいてくれるか？」

「えっ、ええっと……どっ、どうしようかな……ちょっと懲りたといいますか」

後宮にきてから事件、事件、事件で、人の死も立て続けに経験した。彼女自身だって二度も殺されかけたのだ。

累紳を皇帝にするという約束も果たした。

あとは女官として、のんびりと暮らしていけたらいいなと思っていた。もとから、妙は程々に働いて、お腹いっぱいになって眠れたら人生は大吉、という考えの持ちぬしだ。

ただ、ちょっとばかり食欲だけが旺盛なだけで。

「それは残念だ。皇帝になったからにはどんなものでも取り寄せてやれるのに。ハンバーグ、エビフライなんていう異国の料理でも、なんでもござれだ」

猫の耳を想わせる髪が、ぴょこぴょことはねた。

「な、なんでも、ですか？」

「あんたは、なにが食いたい？」

完全に負けた。

そもそも、妙が食欲というものに勝てるはずがなかったのだ。

身を乗りだして妙は声を張りあげる。

「東の幻と語られる鮨《すし》なる物を！」

累紳がにんまりと笑った。

「わかった。約束しよう——実は今、宮廷で奇妙な事件が続いていてな」

「え、嘘、もう？　もう、事件なんですか？」

「これから、いそがしくなるぞ。なにせ、あんたは皇帝つきの占い師になるんだからな」

ひええと妙が青ざめた。

「さすがにそこまでやばい事件は遠慮したいというか」

「はは、安心しろ。宮廷にも後宮にもやばい事件しかない」

命あるかぎり、福もあれば、禍もある。

経緯《たてよこ》の糸を織りなして、人の運命は糾《あざな》われていく。

糸とは様々な想いから紡《つむ》がれるものだ。

だから、事件の裏には心あり。

これからも続くであろう波乱万丈な毎日を想って、食いしん坊な後宮の女官占い師は頭をかかえた。
だが、妙の頭上では、星が瞬いている。
彼女の前途にあらんかぎりの福を振りまくように。

後伝　水燈に星を想う

後宮の小都が燃えていた。

今晩は夏祭りだ。日頃から賑やかな後宮がさらに華やぎ、朝から歌や舞が披露され、歓声の絶えることがなかった。黄昏になると、いっせいに水燈《すいとう》がともされ、後宮に張りめぐらされた水路をきらびやかに飾りつけた。

燃えるような髪をなびかせて、累紳《レイシェン》はひとり、時鐘のある塔から水燈を眺めていた。

すでに彼は第一皇子ではなく、皇帝の身だ。

この春から夏にかけて、想いかえせば様々なことがあった。

「俺が皇帝、か」

累紳がぽつりとつぶやいた。

禍《わざわい》の星を宿した廃皇子として産まれ、龍椅《ぎょくざ》につけるなどとは一度たりとも考えたことがなかった。錦珠《ジンジュ》の思惑を知ったあとも、みずからが皇帝になるつもりはなかったし、なりたいと望んだこともなかったのだ。

「はは、……笑えるな」

後伝　水燈に星を想う

これは、ほかでもない累紳の選んだ道だ。

彼の星が、皇帝の座まで導いてくれた。

「累紳様、なにしてるんですか」

声をかけられ、視線を落とせば、猫耳のような髪をした女官が袖を振っていた。

易妙《イーミャオ》だ。

累紳は軒をつたって、妙のもとまでおりていった。

「よくわかったな」

「夏は黄昏を過ぎても、まだまだ、暗くなりませんから。でも、あんなところにおられるなんて、びっくりしましたよ。危なくないですか」

「あそこからだと、後宮を一望できるからな。こんな祭りの晩はとくに」

喋りながら、累紳は妙にもあの風景をみてほしいと思いついた。

「せっかくだから、あんたもこいよ」

「わっ、わわ……」

累紳は返事も待たずに妙を抱きあげる。あれだけ食欲旺盛だというのに、妙はまったく重くもならない。仔猫を抱きあげるのと変わりなかった。

軒から軒に渡りながら、塔の屋頂《やね》にいたる。

「……ほんとだ。絶景ですね」

きらきらと燃えたつ小都を眺め、妙は瞳を輝かせる。

「水燈は祈願のために燈《とも》すものだが、もともとは死者の魂をなぐさめる意があったとか」

「そうみたいですね。彗妃《フエイひ》が教えてくれました」

意外に思い、累紳が眉の端をあげる。

星辰《シンチエン》が他界したあとも、彗妃とは縁が続いているのか。星辰を喪った彗妃の悲しみは想像を絶するものだが、悼みを分かちあえるものがいれば救われるはずだ。

「さっきまで彗妃と一緒にいたんですよ。私も姐《ねえ》さんと星辰様を想って、燈《あかり》をつけてきました。……願いごともしましたけど」

水燈に願いごとを書いた札を乗せるのは伝統のひとつだ。

鎮魂といっても、この祭りはしめやかなものではない。残されたものが賑やかに歌い、舞って、これからさきの幸福を祈ることで、死者の魂を安堵させるためのものだ。

「なにを書いたんだ」

「えぇっと、また一年、後宮でおいしいものがいっぱい食べられますようにって」

想像どおりの願いごとだ。微笑《ほほえ》ましくて、累紳は思わず頬を緩めた。

「俺もここから想いを馳せてたんだ。星辰と、……錦珠に」

道を違えたが、錦珠も弟に違いはない。

昇る星もあれば、落ちていく星もある。どれだけ握り締めようとしても、指のあいだからこぼれていく星の瞬き。それは命にも等しい。

「累紳様って屋頂にあがるの、お好きですよね。絹妃《ジユエンひ》が縊死《いし》されたときも事の経緯をやたらとご存じでしたけど。まさか、屋頂からみてたとかじゃないですよね？」

「はは、まあな。……馬鹿と煙はなんとやらとか、言うなよ？」

累紳はからかうように言ってから、ふっと声を落とす。

「星《シン》の後宮は都の写しだからな。燃える燈の群れを眺めていると、都でも今頃は水燈がながされていて、そのひとつひとつに民の想いが寄せられているんだと想像できる」

民が易占《えきせん》に頼るのも、星を信じるのも、結局は幸福になりたいからだ。

不幸になりたいものなどいない。

「あれは、皇帝《俺》が導くべき星たちだ」

累紳が黄金の瞳を張りつめる。

ひかりのあるほうに導くことができないのならば、犠牲を払って皇帝になったのが徒《むだ》になる。

哥弟の死に報いるためにも。

ふっと視線を感じた。

祭りの水燈を眺めていたはずの妙が、累紳をみている。星のようでもなく、異境の民族のように青いわけでもない、ありふれた彼女の眼が、みがきあげた鏡のように透きとおる。

ああ、この瞳《め》だと累紳は息をのむ。

言い知れない昂揚を感じた。なにもかも看破されているのだという恐怖感と、理解されているのだという確かな安堵感が胸のうちでまざる。

「……お疲れなんですね」

かけられたのは、細やかなことばだった。

だが、累紳は虚をつかれた。

「そう、か？　そんなに疲れているつもりは、なかったんだけどな。皇帝になったばかりでばたついてはいたが、無理をしているというほどでは」

「それです。意識してないのが、いちばんやっかいなんですよ」

「そういうものか」

疲れていないつもりだったのはほんとうだ。

だが、思いかえせば、この頃はなかなか寝つけなかったり、眠りについてもすぐに起きてしまったりしていた。後宮から宮廷に移って、房室《へや》が替わったせいかと思っていたが――

「そうか、俺は疲れていたんだな」

「たぶん、そうとうに、です」

「かといって、いまは休暇をとれそうにもないんだが」

「たまっていく疲れを緩和するには、まずは認知することがたいせつです。疲れているのだと、意識のなかで認めてあげないと、いつまで経っても頭も心身も休めませんからね。これも心理のひとつです」

皇帝の公務を補助してくれているものもいるが、彼らはとくに気遣ってきてはいなかった。日頃から側にいても、累紳が疲れているとはわずかも感じていなかったということだ。

妙だけが逢ってすぐ、累紳の疲弊を察した。

「は……」

累紳が崩れるように笑った。

「やっぱり、あんたにはかなわないな。俺よりも俺のことをわかっている」

累紳はみずからの心が時々わからない。

感情がない、わけではないが、みずからがなにを望んでいるのか、なぜ嬉しいのか、なにが悲しいのか。きちんと理解できていないときがある。

だが、妙はそんな累紳の心理を読みといてくれる。

「意外とそういうものじゃないですか。自分のことほど、わからないものです」

「でも、あんたのほかは、誰も俺が疲れているなんて思いもしなかった」

皇帝ともなれば、毎朝典医から健診もされる。

「そりゃ、累紳様ですからね。累紳様だったら、熱があろうと骨が折れていようと、なにごともなかったみたいに振る舞えそうです。しかも、意識せずに隠していそうで、よけいに質《たち》がわるいというか」

ずいぶんな言われようだ。

累紳が苦笑していると、妙は冗談っぽく胸を張る。

「まあ、累紳様の心理を読めるのなんて、大陸の端から端まで探しても、私くらいのものだと思いますよ」

「……ああ、そうだな」

妙は肯定されるとは思っていなかったのか、ぽかんとする。

「あんただけだよ」

累紳は妙に寄りそうように腰かけて、彼女の柔らかな手に指を重ねた。

拒絶されないかと一瞬だけ、緊張する。こんなふうに考えるようになるとは思いも寄らなかった。女の扱いにはなれていたはずだったのに。妙は戸惑うように指をふるわせたが、累紳を拒むことはなかった。

「俺はやっかいなやつなんだ」

ほんとうは、彼女を皇帝つきの占い師にしてしまいたいときがある。

皇帝の命令ならば、彼女の意にかかわらず、彼のものにすることができる。だが、累紳はそんな強欲な想いを抑えつける。

かわりに指を絡めた。誰にも渡さないとばかりに。それでいて、彼女が振りほどけば、すぐにでも離れていける強さで。

「だから、側にいて、これからも見破ってくれ」

強い風が吹きつけてきた。水燈がいっせいに燃えつきる。

「俺が知らない俺のウラを」

地の燈《ひかり》で遠ざけられていた満天の星が瞬きだす。

燃える水燈の星ほどは強くない。遠くて果敢《はか》なかった。だが、確かにふたりの進むさきを輝かせるひかりだ。

「しょうがないですね」

妙はため息をついてから、にゃはっと晴れやかに笑った。

「私は、あなたの占い師ですからね」

その笑顔は、どんな星よりも明るく。

何処までも累紳を導いてくれるに違いなかった。

……………

命累紳《ミンレイシエン》は後に、破星皇帝《はせいこうてい》と称えられるようになる。星の廻りを度々打ち破り、国を窮地から救い続けた賢帝《けんてい》として。

だが、その側には絶えず、人の心《ウラ》を読む女占い師がいたことは知られていない。

あとがき

この度は『後宮の女官占い師は心を読んで謎を解く』を御手に取っていただき、御礼申しあげます。夢見《ゆめみ》里龍《しりゅう》と申します。

とつぜんですが、これを読んでくださっているあなたは、占いは信じますか？

私はいいことだけを抜きだして信じるタイプです。悪いことは、まあ、日頃の行動など省みて、気をつける程度に。

「小説家になろう」にて連載していたこちらの小説に書籍化打診をいただいたときも、知りあいの占い師さんからは「運気がさがっていて、なにごともうまくいかないので、いまは頑張っても実を結ばないよ」と教えてもらっていた時期でした。

結果はこのとおり。実っちゃいました。

だからといって、占いは信じないのかといわれたら、意外や意外、そうでもないのです。

占いが外れた話の後にあたった話もさせていただくと、ずいぶんと昔に占星術で「小説家という夢がかなうかどうか」をみてもらったことがあります。

十九歳くらいの時だったでしょうか。そのとき、夢にむかって動きだすのは六年後くらいと言われました。「遠っ」と思ったのをおぼえています。

あとがき

そもそも、六年後も小説を書き続けているのかなと。

でも、書き続けました。

占いのことを時々想いだしながらも、結果がどうであれ構わない、書きたいから書くのだと思って、公募に挑み続けていました。

それから、六年。とある公募の最終候補に残り、翌々年に私の書いた小説が本屋さんの棚にならびました。

ああ、占星術があたったのだと思いました。

でも、書き続けていなければ。あるいは、六年後かあと思って、間の五年に公募をやすんでいたら、結果はまた違ったものになっていたはずです。

私はこうした経験から、「占い」というのは迷ったときに背をちょっとだけ押してくれるものだと思っています。

占いを信じるか、信じないか。

信じるとしてどう動くのかはその人次第ですが、暗い道に微かでも明かりを燈《とも》してくれるのならば、「占い」とは素晴らしいものです。

作中で女官占い師である妙《ミャオ》が語ったように「占い」は心《うら》を綯《な》うというのが語源だとされています。昔は心のことを表ではない＝裏と捉えたのですね。綯うとは縄をつくるように縒《よ》って、ひとつにすることです。

どんな「占い」も「心」ひとつ。

揺らぎかけている心に「進んでいいんだよ」あるいは「とまってもいいんだよ」と語りかけてもらうくらいが、私にとっては、いちばんちょうどいい占いとのつきあいかた、かもしれません。


さて、そんな占いではよく「運」という言葉が登場します。

運とは「人の意思では操ることのできない巡りあわせのこと」だといいます。

私は「運」とは、ご縁のことではないかと考えています。偶《たま》さかに逢ったり、別れたり。縁の巡りあわせが時に愛を紡ぎ、果てのない夢を実現にむかわせ、禍福を織りなしていくのだと。


『後宮の女官占い師は心を読んで謎を解く』

こちらは易占《えきせん》に心理、グルメに推理と、後宮にぴったりな楽しい要素盛りだくさんの小説ですが、軸となるのは運《ツキ》に見放された女官と廃皇子がひょんなことから縁を結び、さだめられた運命に抗うという物語です。

産まれついた星なんか知るか、標《しるべ》にする星はみずからで選ぶ！

運命を握る神様とやらに喧嘩を売ろうぜ！

要約すれば、そんな話です。

縁こそが運の最たるものならば、彼女らは強運の持ちぬしかもしれません。でもそれは、

あとがき

彼らが縁をつかんで、離さなかったからでもあります。

なにもせずにつかめる幸運というのは、それほどないのだと思います。でも、腕を伸ばし続ければ、なにかしらか指に絡んでくる糸があって。思いきって、ぐっとひき寄せれば、それがかけがえのないご縁になるのかもしれません。


私もいま、たくさんのご縁に助けられ、ここにいます。

この小説を出版するまでにも、編集者様、絵師様、読者様、おなじく夢を追い掛ける創作者様、家族、知人と様々な御方に支えていただきました。星のあかりが差す道まで誘ってくださった担当編集者の佐々木様、ほんとうにありがとうございました。妙、累紳《レイシエン》、星辰《シンチエン》、錦珠《ジンジュ》に命を吹き込んでくださった絵師のボダックス様にも心から御礼申しあげます。想像のなかにいた累紳が姿をもって動きだし、妙が猫耳をぴこぴこさせながら喋りだしたときの幸福感は、ここではとても語りつくせません。

そして、この本を手に取ってくださった読者様とのご縁にも、感謝の想いがつきません。最後まで楽しんでいただけることを、作者としてはただひたすらに祈るばかりです。

できることならば、このご縁が一度きりではなく、またどこかでお会いできたら――そんなことを想いながら、筆をおかせていただこうと思います。

ご縁を賜ったすべての方の幸運を、八ヶ岳の満天の星に願いながら。

夢見里龍

後宮《こうきゅう》の女官《にょかん》占《うらな》い師《し》は心《こころ》を読《よ》んで謎《なぞ》を解《と》く

2023年8月30日　初版発行

著　者　夢見里《ゆめみし》 龍《りゅう》
イラストレーター　ボダックス
発行者　山下直久
発　行　株式会社KADOKAWA
〒102-8177 東京都千代田区富士見2-13-3
電話 0570-002-301（ナビダイヤル）

編集企画　ファミ通文庫編集部

デザイン　西村弘美
写植・製版　株式会社スタジオ205プラス
印刷・製本　凸版印刷株式会社

 ISBN978-4-04-737544-4 C0093　定価はカバーに表示してあります。

針子の乙女
HARIKO NO OTOME
針と蜘蛛と精霊で織りなす
幻想的な異世界裁縫
ファンタジー。
［はりこのおとめ］
Zeroki Presents
Illustrated by Miho Takeoka
著＝ゼロキ
Illustration 竹岡美穂
コミカライズ
ヤングエースUPで
絶賛連載中
①〜②巻
絶賛発売中！
B6判単行本
KADOKAWA／エンターブレイン刊
KADOKAWA
enterbrain

魔法使いで引きこもり?
He is wizard, but social withdrawal?
Author 小鳥屋エム
Illust 戸部 淑
好評発売中!!!
重版、続々!!!
チート能力《スキル》を持て余した
少年とモフモフの
異世界のんびり
スローライフ!
女神により転生することになったお爺ちゃん。
望んだのは「健康な体」だけだったのに、
チート能力までも与えられてしまう!
転生後にその力を持て余していた少年は、
女神の「冒険者になって人生を楽しみなさい」
という助言により、冒険者として王都へ赴く。
様々な人々との出会いを通して、
彼の世界は広がっていく――。
YUI
01
魔法使いで引きこもり?
コミカライズ
月刊コミックアライブ
Webにて
毎月27日連載中!
enterbrain